Für alle Mutlosen

Teil I

Sterben

Ich war jung, hatte gerade Thoreaus »Walden« gelesen und ich wurde das Gefühl nicht los, dass die Schule mich nichts Neues lehrte, im Gegenteil, sie war zur Zeitvergeudung verkommen, zur Pflicht, zum Beginn der Konformität. Darüber hinaus war ich überempfindlich gegen all die Dorftrottel um mich herum geworden, gegen all den Stumpfsinn und die Langeweile, die ich empfand, wenn mir meine Freunde am Morgen, Mittag und Abend von ihren Mofa-Motoren erzählten, an denen sie monatelang rumgeschraubt hatten, um vielleicht ein oder zwei PS mehr aus den schreienden Schrauben zu quälen. Sie hetzten diese wie metallene Sklaven durch die Dorfgassen, damit auch jeder am Fenster ihren zweifelhaften Sieg hören und riechen konnte.

Ich glaube, meine Wesensveränderung begann ein Jahr zuvor. In den Herbstferien arbeitete ich bei den Winzern im Weinberg, schleppte schwere Eimer voll Trauben die Steillagen zum Traktor hinunter, während der Fluss Nebelschwaden den Himmel hinaufkochte. Sie sammelten sich an den Hügeln und sanken wieder tief zwischen die einzelnen Reben hinab, deren Trauben durch die undurchlässige Nebeldecke verschleiert im Tau glänzten. Am Abend saß ich müde am Fluss, las Huxley und Dostojewski, Ginsberg und Kerouac bis in die Nacht hinein und quälte meine Seele mit ihnen. In meinen Augen hatten sich die Menschen verändert. Oder vielleicht war ich es ja auch, der sich verändert hatte – und zwar so sehr, dass ich mich nicht mehr als Teil ihrer Gemeinschaft empfand.

So oft irrte ich am Abend ziellos umher und fragte mich, ob dies alles gewesen sein sollte. Die großen Fragen des Lebens lagen verdeckt hinter dem Schleier der Nacht, und jedes Mal, wenn ich einen Nachbar oder Bekannten traf und er mich fragte, was ich zu so später Stunde noch alleine tat, schwieg ich, denn ich hatte keine Antwort auf die Frage, wonach ich genau suchte oder was ich tat. Das war der Grund, warum ich mich so oft am Morgen in meinem Bett umdrehte und mir dachte: »Ach, was soll's, ich schlaf weiter, ich versäume heute sowieso nichts.«

Doch ich hatte nie wirklich etwas versäumt: Ich lag im Bett, las Gedichte und wusste genau, wann der Glockenschlag zur Andacht über die Dächer des Dorfes hallte, wer durch welche Straßen zum Gottesdienst ging, wer danach auf dem Vorplatz der Kirche auf dem alten verfaulten Holz der Bank unter der Eiche saß und sich über die neuen Preise des Bäckers unterhielt und darüber, dass wieder harte Brötchen vom Vortag verkauft wurden. Ich wusste, dass der Winzer Bosch gegen 14 Uhr mit seinem Traktor und dem Anhänger holpernd über die kopfsteingepflasterte Straße vor unserem Haus fuhr. Ich wusste, wenn die Klappe des Briefkastens zuschlug, dass die Wochenzeitung von der Nachbarstochter ausgeliefert wurde. Ich wusste, dass sie Körbchengröße 75B trug und verboten schöne Dinge mit den älteren Dorfjungs in den Gebüschen am Fluss trieb. Ich wusste von all dem, keine Überraschungen, nichts Neues unter dem Nebel im Frühjahr, nichts Neues unter der Sommersonne, unter dem Herbstlaub, nichts lag unter dem schweigenden Winterschnee verborgen, außer ein weiteres scheußlich gleichtöniges Jahr – wie alle anderen zuvor auch.

»Noan, steh auf! Es ist schon nach sieben. Du kommst zu spät zur Schule, beeil dich«, hörte ich die Stimme meiner Großmutter, während ich mich im Bett in meinen jugendlichen Träumen hin und her wälzte. Ich stand auf und schaute aus dem Fenster. Der Nebel hing noch tief im Moseltal und die Hügel auf der anderen Seite des Flusses waren verschleiert, kaum erkennbar – Umrisse einer Heimat, die mich seit meiner Geburt umgaben. Blind erkannte ich die Landschaft vor Augen, hörte den Signalton des Zuges, der über den Hangviadukt fuhr, vorbei an den Rebhängen, an denen im Herbst die Trauben gedeihen. Ich sah, wie der Zug durch den Tunnel schoss, um kurz danach auf der anderen Seite der Moselschleife wie eine mechanische Schlange aus dem Berg aufzutauchen.

Ich wuchs behütet bei meinen Großeltern auf. Dieser Zustand, der sich nicht dem Alltäglichen unterordnet und scheinbar ein Stück junge Tragik in sich trägt, war für mich pures Glück und Entkommen aus Jahren des Schmerzes, die sich wie ganze Leben anfühlten. Manchmal dachte ich, diese Zeiten würden niemals enden. Es gab Wochen, in denen ich mich vor Schmerzen kaum hatte rühren können. Die Fäuste meines Vaters waren wild, besonders wenn er sich selbst nicht genügte. Sein Wesen war wechselhaft wie die Nebelschleier des Herbstes, mal egomanisch, mal ängstlich und demütig, zuletzt krank und verzweifelt. Er war in vielen Ländern unterwegs, dieser Mann, den ich Vater taufte und der der Definition eines Vaters weder verwandt noch ähnlich war. Es war mein Glück, denn so war er nur selten zu Hause. Nicht, dass er mir nie gefehlt hätte – und das war die Seltsamkeit unserer Beziehung – ich war und bin es wahrscheinlich noch immer: Voller Hoffnungen auf das nächste Treffen, auf Einsicht und väterliche Vernunft.

Trotzdem erwartete ich ihn als Kind freudig am Fenster, wenn er nach zwei oder drei Wochen wenigstens ein Wochenende nach Hause kam, meine Mutter verstand meine Vorfreude nicht – wer könnte es ihr verdenken?

Was mit meiner Mutter war? Ich kann nur sagen, ihr fehlte Kraft und Lebensfreude, und sie litt unter einer Krankheit, mit der ich Jahre später selbst Erfahrung machen würde und die mir eine Ahnung davon gab, was es für sie bedeutete. Sie ließ mich vieles erkennen und meine Kindheit und Jugend in ein friedliches Licht aus Akzeptanz und Verständnis tauchen. Manchmal sehe ich meine Eltern in einer Vision, vor ihrem Schulgebäude stehend, an dem Tag, als sie sich verliebten und der Himmel über ihnen auch nicht anders war als sonst. Ich will zu ihnen gehen und ihnen in ihrer unwissenden jungen Liebe sagen: Lasst es bleiben, du bist der falsche Mann und du die falsche Frau, ihr werdet Schreckliches anrichten! Ihr könnt es noch nicht verstehen, in eurem Hochmut der Liebe, aber glaubt mir, ihr werdet euch hassen!

Doch was in die Welt will, lässt sich nicht aufhalten, was geboren werden will, wird geboren werden. Jedes Leben ist die Frucht aus Tausenden zufälligen Begegnungen und doch kehrt keine Seele zufällig in einen Körper. Wir sind Gefäße von Energie und Verbundenheit. Alle waren wir einst Teile und Fragmente, die sich gespaltet haben. Alle stammen wir aus dem gleichen Schlund, und jeder Schmerz ist Millionen Jahre alt und besteht in der Trennung dessen was zusammengehörte. Jede Trauer, die sich über ganze Generationen legt, verweilt in verdorrten Beeten, in der Verbrüderung mit der Vergänglichkeit, in den Trümmern des alten Roms und säuselt von Tod und Habgier und Egomanie.

Aber die Glorie der Jugend liegt in einem geöffneten Fenster und der Blick schwebt über erstarrte Zweige und weht über Wangen als Lächeln verjüngter Gesichter, Frühlinge gehen und kommen im herrlichen Bild der ewigen Natur. Blüten und Saaten reifen, die Traube gedeiht und alles liegt offen da und alles wird sich finden in irgendeiner Periode des ewigen Daseins. Denn was zusammengehört, kann nicht auf ewig fliehen!

Meine Großeltern waren von einer Ruhe umgeben, wie sie nur Menschen haben können, die ihr Leben bereits gelebt haben, die geliebt und gelacht, geweint, getrauert und in der Nachkriegszeit gehungert haben, die zum Ende hin ihr ganzes Leben in Stille betrachten und sich bei jeder Erinnerung fragen: Wie konnte dieses Leben nur so schnell vergehen?

Immer wenn ich auf unserem leicht verstimmten alten Chesterklavier klimperte, und die rissigen Holzsplitter der Klappe mit jedem Ton vibrieren sah, setzte sich mein Großvater mit seinem Akkordeon neben mich und zauberte wundervolle Melodien. Oft hörte ich dann auf zu spielen, sah ihn an, wie er auf dem alten Holzhocker saß, mit seinen weisen, geschlossenen Augen, ganz in der Musik versunken und wie sein graues Haar hell leuchtend über dem Tag lag. Meine Großmutter kam aus der Küche und lehnte sich an die alte Holztreppe, die hinauf zu meinem Zimmer führte, schloss ebenfalls die Augen und lauschte den Melodien, ohne ein Wort zu sagen und wurde wieder das verliebte Mädchen aus einer längst vergangenen Zeit. Und jedes Mal, wenn Musik durch das Fachwerk unseres alten Hauses ertönte, sich durch die offenen Fenster über den langen Hof, der zu beiden Seiten mit Tannen bewachsen war und vor denen meine Großmutter in mühsamer Arbeit Violen, Orchideen, Scillablüten und Schneeglöckchen, die jetzt im Frühjahr aufblühten, gepflanzt hatte, vergaß ich meinen Unmut und mein jugendliches, naives Leiden über meine kleine Welt, die keine Überraschungen mehr für mich bereithielt.

Meine Freunde Tom, Max, Mark, Pete und ich freuten uns schon seit Wochen auf das Straßenfest und die Kirmes – ein Wochenende im Jahr, in dem das Dorf voller Menschen war und es überall, an jeder Straßenecke, etwas zu sehen, zu riechen und zu hören gab. Jeder Winzer schenkte auf seinem Grundstück den neuen Jahrgangswein aus, dazu kochten die liebevollen Damen köstliche Kleinigkeiten, die sie direkt aus der Küche verkauften. Wir wussten genau, wo wir hingehen mussten, um eine Zwiwwelzopp umsonst zu ergattern.

Die Weinprinzessinnen und die Weinkönigin stolzierten von Stand zu Stand und kosteten die neuen Weine des Jahres. Wir Dorfjungs folgten ihnen, denn wir waren alle in sie und in die Art verliebt, wie sie mit ihren langen Traubenblattgewändern, ihren Diademen und ihren Dekolletés, die in ihren Wölbungen der Mosellandschaft nicht fern waren, festlich durch die Straßen des Dorfes schlenderten. Sie hielten königliche Gläser mit der Frucht der Trauben in ihren zarten Frauenhänden. Wir wollten ihnen allen an die Wäsche und konnten nur ahnen, welche Königreiche und Paradiese sich uns durch ihre Körper offenbaren würden.

An der Promenade der Mosel gab es einen kleinen Flohmarkt mit einem Gewürzhändler. Die Gerüche seiner Gewürze und Kräuter bereicherten die Gassen. Wir nahmen sie schon wahr, lange bevor wir überhaupt auf die große Wiese am Ufer der Mosel traten. Es waren fremde Düfte, Safran, Koriander und Curry, die uns eine Ahnung davon gaben, wie groß und wie weit die Welt hinter den Rebhügeln wohl sein mochte. Wir waren alle etwa 16 Jahre alt. Dieses Jahr wollten wir uns alle gemeinsam das erste Mal die Kante geben. Marks großer Bruder, der schon fast 20 war, kaufte uns drei Flaschen Wein am Stand des Ökowinzers – wir mussten ihn dafür bezahlen; Mark verhandelte mit ihm:

»Komm schon, wir geben dir alles, was wir haben!«

»Dann macht mal die Taschen leer, Freunde!«

Wir kramten in unseren Hosentaschen herum, Knöpfe, Kaugummipapiere und dazwischen immer ein paar Münzen. Marks großer Bruder ging rum und krallte sich die einzelnen Münzen mit seinen großen, mächtigen Fingern aus unseren jungen Händen.

»Ist ja schon okay«, sagte er, verschwand und kam ein paar Minuten später mit drei Flaschen unter dem Arm zurück.

»Lasst euch nicht erwischen!«. Mit diesen Worten verabschiedete er sich zurück in die funkelnden Lichter des Straßenfestes. Wir standen in einem Kreis am Fluss, fünf Halbstarke, die zwar durch die harte Arbeit im Weinberg wussten, wie viel Schweiß und Blut in diesen Flaschen steckte, die nun vor uns aufgereiht auf dem Boden standen, aber die nie den süßen Rausch erlebt hatten, diese süße Trunkenheit als Taumeln der Welt. Wir betrachteten die Flaschen wie Königskelche, aus denen wir trinken sollten, um unsere Kindheit endlich hinter uns zu lassen und zu Männern zu werden.

»Hey, sagt mal«, fing Tom an zu sprechen, »hat eigentlich irgendjemand einen Korkenzieher dabei?«

»Nee, wieso?«, fragte Pete, bei dem man immer das Gefühl hatte, dass er irgendwo in seinen Gedanken verloren gegangen war.

»Na, damit wir die Flaschen aufkriegen, du Horst?!«

»Ey, wartet mal!«

»Noan, zieh mal einen deiner Schuhe aus«, sagte Max.

»Warum gottverdammt sollte ich?«

»Wenn man die Flasche umgedreht zwischen den Beinen hält und lang genug mit dem Schuh auf den Flaschenboden schlägt, schießt der Druck den Korken raus. Heilige Scheiße, sowas weiß man doch!«

Tom blieb skeptisch: »Bullshit, wird eh nichts, Mann!«

»Na, mit diesen negativen Vibes bestimmt nicht! Lasst mich machen und staunet!«

Mit diesen Worten schnappte sich Max meinen Sneaker, den ich im Laufe der Debatte zögerlich von meinem Fuß gepellt hatte. Und wir versuchten es: fünf Minuten, zehn Minuten, fünfzehn Minuten. Der Korken bewegte sich zwar, aber nur um Millimeter, bis Pete mit voller Kraft ausholte, daneben schlug, das Bein von Max erwischte, der vor Schreck und Schmerz die Flasche fallen ließ und wir in einem Scherbenhaufen standen und zusahen, wie der kostbare Wein langsam in den Rillen der Gittersteine versickerte.

»Das habt ihr ja toll hingekriegt!«, sagte Mark mit verschränkten Armen.

»Okay, okay, es war vielleicht eine dumme Idee und vielleicht war es am dümmsten, Pete schlagen zu lassen.«

Alle stimmten zu, auch Pete.

»Nun gut«, resignierte ich, »ich mach mich jetzt zum Weinstand und frage nach einem Korkenzieher. Hilft ja alles nichts!«

»Nein, Mann, mach das ja nicht, das ist der Stand vom Heimes, der kennt meinen Vater«, sagte Tom.

»Alter! Jeder kennt hier jeden, wir leben auf dem Dorf!«

So ging ich zu diesem Stand, besorgte einen Korkenzieher und wir öffneten die Flaschen. Beim Zurückbringen zwinkerte mir Heimes ein »Trinkt nicht so viel!« entgegen. Und als ich wieder zurück zu den Jungs kam, war die erste Flasche schon fast leer, ohne dass ich etwas davon abbekommen hätte. Danach torkelten wir in unserem ersten Rausch unter schwankenden Lichtern durch die Gassen, ganz und gar Bacchus hingegeben, den dunklen Seiten des Lebens, von denen man in keinem Buch, das in der Schule gelehrt wird, liest, und wovor die Eltern und Großeltern einen warnen. Der verbotene Teil des Erwachsenwerdens! Nie hatte etwas in meinem Leben mehr geglüht als an diesem Weinfestabend. Du freust dich über die feiernden Menschen in den Gassen, wenn im Herbst die Ernte beginnt und das Gebell der Traktoren mit Hängern voll Most durch die Straßen schallt und überall den herben, vergorenen Duft des Weines verteilt. Du freust dich über einzelne Trauben, die über die kopfsteingepflasterten Straßen hüpfen. Du freust dich über die Wälder und Blätter, die sich verfärben und darü ber, dass der Wind wieder kühler vom Fluss weht und der Nebel am Morgen tief über dem Wasser liegt und in der Nacht die Landsterne über den schlafenden Dächern leuchten. Du freust dich, dass du angetrunken im ersten Rausch deiner Jugend, mit deinen besten Freunden, die du alle schon seit dem Kindergarten kennst, durch die abendlichen engen Gassen des Dorfes taumelst, die dich an Venedig erinnern, obwohl du niemals da warst. Die Laternen schaukeln über dir und die Festfahnen zittern hektisch an den Masten, und du hast das erste Mal ein Gefühl davon, was es heißt, auf dem Land aufgewachsen zu sein und welche Romantik darin verborgen liegt.

Nachdem meine Freunde angetrunken nach Hause gestolpert waren, trieb ich noch ziellos durch die Straßen. Alle Lichter des Festes waren erloschen, die Weinstände hatten bereits ihre Klappen hinuntergelassen und vor dem Mond lag ein dunkler Streifen Nacht. Ich war allein in den Gassen, blickte zu den flimmernden Sternen hinauf, ging zum Fluss und setzte mich auf die alte Holzbank. Vor mir lag ein gelber Anlegesteg, an dem im Sommer die Passagierschiffe Touristen von Bord ließen und über den wir mit einer Rampe und einem alten, klapprigen Fahrrad, das mit einem dicken Seil am Geländer befestigt war, in die Mosel sprangen. Und jedes Mal war das Seil zu kurz und mitten in der Luft spannte es sich und wir flogen weiter über den Lenker ins aufgewühlte Strudelwasser der Schiffe. Gottverdammt, dass uns nie etwas passiert ist, war wohl reine Willkür! Und als ich dann benommen vom ersten Rausch kurz die Augen schloss, sah ich mein zukünftiges Leben vor mir: Ich sah meine Frau, Falten, die langsam mein Gesicht hochkrochen, Jahre vergingen wie Sekunden, ich sah das Haus, das wir besitzen würden, mit einem Garten, in dem wir in warmen Sommernächten ein Feuer anzündeten und in dem unsere Kinder spielten. Ich sah dieses Bild, als wäre es real, direkt vor meinen Augen, fühlte die Lippen meiner Frau, die ihre schwarzen Haare offen trug, die Strähnen, die ihr wie kleine Melodien eines ungewollten Glücks über ihr Sommerkleid fielen, sah den kleinen Jungen, das Ebenbild meiner selbst, mit Stöcken die Vögel, die sich an den Brombeerbüschen satt aßen, verjagen, hörte die Rufe eines Mädchens mit Unschuldsaugen, das davon sprach, ein Vogelhaus zu bauen und Futter zu besorgen, weil der nächste Winter kommen würde. Und wie die Schieferterrassen auf der anderen Seite des Flusses das Licht spiegelten, so dass man, wenn man genau hinsah, erkannte, wie die einzelnen Strahlen sich geduldig über das ganze Dorf verteilten und wie die leuchtenden Augen meiner Kinder sich mit diesem Licht vollsogen, um als Traum und Zukunft in die Welt zu gelangen. Doch all diese Schönheit, dieses Gemälde, das vor meinen Augen wie eine Zukunftsvision rotierte, bereitete mir auch eine große Furcht. Ich sehnte mich nach Unbestimmtheit, nach Freiheit, die nicht nach Heimat fragt, und obwohl ich wusste, dass dies nur eine Vision des Rausches war und keinesfalls meine Zukunft, wuchs mehr und mehr der Gedanke des Ausbruchs aus der gewohnten Umgebung in mir. Gestern war ich noch Kind gewesen, Zuflucht suchend in den sicheren Armen meiner Großmutter, doch heute war ich ein Mann, ein Suchender, dem die Heimat kein Lied mehr spielt.

Am nächsten Tag erwachte ich mit quälenden Kopfschmerzen. Ich sehnte mich – wie früher – nach Geborgenheit, nach mütterlicher Liebe, einem Elternhaus, das mich beschützt. Ich konnte keinen klaren Gedanken fassen, wusste nicht, was gestern passiert war – und doch war diese verrückte Rauschvision von letzter Nacht tief in meinem Wesen verwurzelt. Ich hinterfragte die Dinge, schaute mir Landkarten an, ich ging zur Schule, hörte jedoch nicht zu, sondern verbrachte die Schulstunden in meinen Gedanken wie in einen fremden Traum versunken, während der Lehrer vor der Tafel stand und uns mathematische Gleichungen erklärte.

Nur Wenigen vertraute ich mich an und wenn ich es tat, wurden meine Pläne und Wünsche als jugendliche Träumerei mit Sätzen wie: »Bis dou eppes bekäppt höss, laeft noch vill Waßa de Musel roof«, oder: »Höss dou se noch ahl?« Schaff erstma watt!« abgetan, als wäre mein Streben nach mehr eine Krankheit oder ein Zustand, den sie mit ihren moselfränkischen Phrasen einfach so abtöten könnten. Als wäre ich ein Wahnsinniger in einer heilen Welt und als wäre es nicht andersrum! Als könnte ich das alles einfach so vergessen und beseitigen. Eines Abends erzählte ich meinem guten Freund Adrian davon. Er war Student und Musiker und schon ein paar Jahre älter als ich. Er war es, der mir den wilden Zauber des Jazz nahebrachte, der mich die Kunst lehrte, er war es, der meinen jungen, ungebildeten Geist forderte und mich Gemälde von Monet und Dalí interpretieren ließ. An einem lauwarmen Frühlingsabend saßen wir gemeinsam in seinem Elternhaus, einem alten Fachwerkgebäude, und wie so oft tranken wir Wein, weil wir nichts Besseres zu tun hatten. Ein efeubewachsener Turm schmückte die Fassade, durch die geöffnete, runde Front drang der Geruch des Gartens, Düfte von Rosmarin und Lavendel vermischten sich mit dem Rauch meiner Zigaretten, von weit her hörte man den Fluss unruhig plätschern und über den schlafenden Dächern lag die Sanftheit des Landlebens. Adrians Vater war Künstler, einer der seine Kunst nicht verkauft und nur wenige Ausstellungen gibt. Ich fühlte mich immer schon seinen Gemälden sehr nahe, aber nun schien mir, als seien sie ein Abbild meines Seelenwunsches. Sie verkörperten nun einen Aufbruch ins Ungewisse für mich. Zu einem Punkt, wo Vergangenheit und Zukunft ineinanderfließen und nichts mehr fraglich ist, sondern die Heimat zur Fremde und die Fremde zur Heimat wird. Dabei muss ich besonders an eines seiner Gemälde denken. Eine Abbildung der Mosel zwischen Rebhügeln, vom Fluss hinauf führen Leitersprossen in einen amberfarbenen Himmel und Schwäne spannen ihre Flügel. Federn schweben wie schwerelos im Bild und golden schimmert ein Tor am oberen Ende der Leiter und eine Kinderhand, die Steine vom Uferboden aufhebt und sie gen Himmel streckt, greift hinaus aus diesem Licht. Dieses Bild verkörpert für mich den Kreis des Lebens, die Wiederkehr, das rhythmische Treiben der Zeit. So oft war ich fragend an den Gemälden vorbeigelaufen, doch erst jetzt begann ich sie wirklich zu verstehen, es lag etwas darin, dass ich zuvor noch nicht hatte verstehen können, doch nun schien es, als würden die Farben glühen, als würden sie mich in sich hineinziehen – in ein verborgenes Verständnis meiner Selbst. Adrian und ich saßen tief zurückgelehnt im Turmzimmer, tranken einen Riesling aus dem Weinversteck seines Vaters, das wir schon lange gefunden hatten, und hörten Coltrane.

»Du, weißt du, manchmal frage ich mich, ob das alles sein soll …«

»Wie? Was meinst du?«

»Ja, das Leben, Mann, das scheiß Leben! Jeden verdammten Tag steht man auf und doch ändert sich nichts, man begegnet den selben Menschen, stellt dieselben Fragen und am Ende des Tages weiß man genauso wenig wie vorher.«

»Jetzt beruhig dich mal!«

Während ich den Satz sagte, war ich aufgeregt aufgestanden, hatte den halben Wein aus meinem Glas auf dem Fußboden verschüttet, war betrunken, war traurig betrunken, wütend betrunken und ließ den Frust der letzten Jahre aus meiner betäubten Seele.

»Weißt du, ich kenne dieses Gefühl nur zu gut, manchmal überkommt es einen und egal wie alt man ist oder was man erreicht hat, man lernt nie wirklich damit umzugehen. Es ist eine Art dunkle Sehnsucht, die einem deutlich macht, dass es noch mehr auf der Welt gibt, andere Leben zu leben sind und dass deine Zeit endlich ist und du nicht endlos suchen kannst, nach dir und den Dingen, die dir Freude bereiten.«

Er hatte Recht! Bevor er den Satz zu Ende gebracht hatte, wusste ich, dass er Recht hatte. Wieder spürte ich dieses Gefühl, das mir meine unschuldige Kindheit geraubt hatte und mir dafür etwas anderes gab, etwas, das ich nicht zu deuten wusste und das doch tiefer und eindringlicher war als mein Wunsch nach Sicherheit und Heimat.

Ich verbrachte die nächsten Monate einsam, machte lange Spaziergänge den Fluss entlang und dachte darüber nach, wie ich mein Leben führen sollte. Wohin mit der ganzen Zeit?

November. Das Blattwerk der Farben wich dem Nebel und Dunkel des Winters, die Gehwege waren leergefegt und man sah keinen Menschen mehr zwischen den Reben arbeiten.

Die Welt war leer, die Weinfeste beendet, der Funke Leben, der Rest, an dem mein heimatverbundenes Herz noch hing. Ich schwänzte immer öfter die Schule, ging mit Büchern aus meinem Fundus in den Wald, hockte auf abgesägten Baumstämmen und las Gedichte von Whitman und Frost. Diese Tage waren wie eine Art Geheimnis für mich: Meine Großeltern dachten, ich wäre in der Schule, und wegen meiner Fertigkeiten im Unterschriftenfälschen dachten die Lehrer, ich läge mit einer Grippe im Bett. So brachte mir meine Betrügerei Zeit für mich, Zeit, die ich dringend brauchte und in der ich nichts weiter tat als durch die Wälder zu spazieren und Gedichte zu lesen. Selbst bei Regen und Schneetreiben suchte ich Unterschlupf in den kleinen Hochhütten der Jäger, aß mein Pausenbrot, das Großmutter mit Liebe für mich geschmiert hatte und spiegelte mich selbst in diese ruhige winterliche Welt hinein. So passte ich mich meiner Umgebung an, lag lange auf der Lauer, ganz in Stille ohne Bewegung und beobachtete die Fluchten, die sich entlang der Stämme durch den Wald zogen. Dort, wo meine Sprache aufhörte, begann eine neue Welt.

Eine Welt, die nichts mit Betrachtungen zu tun hatte, nichts mit dem Außen, sondern die von Innen kam, im Inneren glühte und sich nur selten den Augen anpasste. Dies waren Tage voller Freude. Ab und zu begegnete ich dem Jäger und manchmal hörte ich von weit her Rehe durch das Unterholz springen. Immer länger blieb ich der Schule fern, monatelang schlich ich Morgen für Morgen aus dem Dorf hinaus Richtung Wald, bis mein Schwindel auffiel und ich nachmittags nichtsahnend von meinem Spaziergang zurück in mein großelterliches Heim kam. Man erwartete mich schon mit bösen Blicken am Fenster. Als ich die Tür auftat, überkam mich ein Schuldgefühl. Bevor ein Wort gesagt wurde, wusste ich, dass meine Großeltern sich über alles im Klaren waren. Verschämtheit kroch in rötlicher Färbung über meine Wangen.

»Setz dich«, sagte meine Großmutter mit erhabener Stimme und wies mir den Stuhl am Ende des Tisches als Anklagebank zu.

Über viele Minuten sprachen wir kein Wort, dann stand sie auf und brachte mir mein Essen – Rotkohl und Knödel. Ich aß ganz in Stille, spürte die wütenden Blicke auf mir ruhen, fühlte die Sekunden wie Jahre vergehen. Nie war mir ein Essen unbekömmlicher gewesen als diese Henkersmahlzeit, es brodelte in meinem Bauch, der Geschmack des Unrechts war bitter. Es waren die Worte, die nicht gesagt wurden, das ungewisse Warten auf die Strafe, das mich irritierte. Als ich aufgegessen hatte, räumte meine Großmutter den Tisch ab. Ich wollte sofort in mein Zimmer gehen, wollte flüchten, doch ich wusste, dass es sinnlos war. Als sie aus der Küche zurück in das Esszimmer trat, hatte mir die Stunde geschlagen.

»Die Schule hat angerufen!«

»Ja ...«

»Du bist seit Monaten nicht mehr da gewesen!«

Obwohl wir beide es schon lange wussten, war das Aussprechen meiner Tat der Schritt in die Welt hinein, vorher waren es nur Gedanken in meinem Kopf, doch nun wurden sie wahrhaftig.

»Sie haben dich der Schule verwiesen, Kind! Urkundenfälschung ist kein Kavaliersdelikt, dafür kann man ins Gefängnis kommen!«

»Vom freien Denken kann man in manchen Ländern auch ins Gefängnis kommen, soll ich deswegen damit aufhören?«

»BITTE?!« Die Stimme meiner Großmutter zitterte vor Wut, Erregung, Enttäuschung.

»Hast du nicht verstanden? Sie haben dich der Schule verwiesen, Herrgott!«

»Na und, ich hatte sowieso nicht vor, nochmal dorthin zu gehen!«

Ich hatte meine Regelschulzeit von neun Jahren abgeleistet und seit einem Jahr hatte ich das scheußliche Gefühl, dort meine Zeit vergeudet zu haben, mit

Mathematik, Aufsätzen über schrecklich unpoetische Bücher und mit Gedichtanalysen, die mir die Freude an der Lyrik zu nehmen drohten.

»Und was dann? Was um Himmels Willen willst du bitte stattdessen machen? Du musst doch vernünftig sein. Noan, ich verstehe dich nicht! Willst du denn enden wie ein Penner auf der Straße? Herrgott, was tust du uns da bloß an? Stell dir vor, wenn das die Leute mitkriegen! Hör gut zu! Morgen sollst du zum Schulleiter und dich rechtfertigen, vielleicht geben sie dir dann nochmal eine Chance. Und jetzt ab in dein Zimmer! Morgen sehen wir weiter.«

Schuldbewusst stieg ich die Treppen zu meinem Zimmer hinauf, blickte die Bilder an den Wänden an, auf denen ich noch glücklich und unbeschwert schien, doch erkannte ich mich nicht wieder, war mir selbst fremd geworden. Diesen Jungen, der dort lächelnd in dem Cockpit eines Segelfliegers saß oder der mit seinem Großvater vor riesigen Schachfiguren stand und den nächsten Zug überlegte, kannte ich nicht. Der Junge, der auf dem Schoß seiner Großmutter saß und sich mit Bananen füttern ließ, war nicht mehr ich, ich war dieser Welt entwachsen, mit jedem Buch, das ich las, mit jeder Flasche Wein, die ich trank, und mit jedem Blick, der nur noch gelangweilt über die alltägliche Schönheit meiner Heimat schweifte, war ich ein anderer geworden. Einer, der sich in Schwierigkeiten bringen und reisen wollte, nur um zu sehen, was passiert.

Am nächsten Tag weckte mich meine Großmutter, aber es war ein anderes Wecken als gewohnt, keine zarte Stimme, die mich sanft erwachen ließ und die meine Seele zurück in die Menschenwelt führte, eher ein Schrei, ein bitterer Ruf hinein in meine Traumwelt. Mir graute vor der Unterredung mit dem Schulleiter. Schon oft waren wir aneinandergeraten, doch ohne mich jemals falsch verhalten zu haben, wusste er, was ich über ihn dachte, und ich wusste, was er über mich dachte.

Er hatte eine stattliche Figur, kleidete sich meist schwarz und trug eine dunkle Brille. Diese Aufmachung alleine löste ein Schaudern in mir aus. Ich ging mit den Worten meiner Großmutter: »Und benimm dich ja!«, aus dem Haus, die kopfsteingepflasterte Straße hinauf zur Bushaltestelle, an der schon meine Schulfreunde auf mich warteten. Ich stieg in den Bus ohne mich umzusehen und nahm ganz vorne Platz. Meine Freunde riefen von hinten: »Komm her, wo bist du denn die letzten Monate gewesen?«, doch ich beachtete sie nicht, sah lieber aus dem Fenster, sah wie die Reblandschaft an mir vorbeizog, der Fluss seine Schleife in die Hügel hineinsetzte und mir die Umwelt immer fremder wurde. Ich war der Angeklagte auf dem Weg zu seinem Urteil.

Der Bus erreichte das Schulzentrum. Die großen Treppen hinunter zum Hauptgebäude schlich ich so langsam wie nur möglich entlang, drehte um, wollte flüchten, doch ich musste mich meinem Urteil stellen. Mit jedem Schritt pulsierte eine Angst in mir, die ich bis dahin nicht gekannt hatte. Eine Angst, die jeden Gedanken verdrängte, die aus dem Herz gegen den Brustkorb schlug und nur noch wollte, dass ich renne, renne, renne. Als ich vor der Bürotür des Direktors stand und anklopfte, verlor die Zeit ihre Bedeutung. Der Schulleiter bat mich hinein.

»Setz dich!«, wies er mir den kleinen, hölzernen Stuhl zu.

»Danke, Herr Deusch!«

»Die Sachlage ist diese ...«, fing er an zu erklären, »du fehlst seit 63 Tagen unentschuldigt im Unterricht und hast zudem Urkundenfälschung betrieben. So etwas können wir nicht einfach durchgehen lassen. Hast du irgendetwas dazu zu sagen? ... Was hast du denn in der Zeit gemacht?«

Auch wenn meine Großmutter mir befohlen hatte mich zu entschuldigen, dachte ich im Traum nicht daran. In meiner Wahrnehmung hatte ich keinen Fehler begangen, vielleicht war die Art und Weise nicht richtig, aber ein Fehler war es nicht. Ich hatte in diesen Monaten viel gelernt und hatte die Zeit genossen. Und ich dachte noch weniger daran, ihm von meinen wunderbaren Tagen zu erzählen, von meinem Geheimnis mit der Welt.

»Was soll ich dazu sagen, keine Ahnung, ich bin einfach so rumgelaufen.«

Er strafte mich mit seinem abwertenden Blick. »Bereust du es denn und siehst du deinen Fehler ein?«

»Nein, das tue ich nicht. Ich vergeude meine Zeit hier in der Schule, die Welt ist da draußen!«

»Gut, damit ist das Gespräch beendet ... du wirst der Schule verwiesen!«, sagte er und bat mich zur Tür hinaus.

Wir hatten schon seit meinem ersten Schultag kein gutes Verhältnis. Was an meinem Vater lag und daran, dass die beiden noch vor meiner Zeit miteinander gestritten hatten. Sie waren damals um die 20 und es hatte mit einer Frau zu tun, und damit, dass einer der beiden danach mit einem gebrochenen Herzen zu kämpfen hatte – und dies war nicht mein Vater. Als ich dem Direktor den Rücken zugewandt hatte, hörte ich ihn etwas vor sich hinmurmeln:

»Keine Erziehung, keine Einsicht! Sowas passiert, wenn die Eltern sich nicht um ihre Kinder kümmern.«

Da braute sich etwas in mir zusammen, ich drehte mich um und bevor ich überhaupt nachdenken konnte, schlug meine Faust ihm ins Gesicht. Seine Brille zerbarst in Scherben auf den Boden und Reste meiner Kindheit spiegelten sich in ihnen. Er stürzte, Blut drang aus seiner Nase und tropfte in dicken roten Perlen auf den Teppich. Ich schaute ihn für ein paar Sekunden an.

»Man sieht sich immer zweimal im Leben«, rief ich ihm zu und rannte aus dem Gebäude und suchte Zuflucht im nahegelegenen Wald. Erst nachdem ich

20 Minuten gelaufen war, verstand ich meinen Schlag als eine Befreiung, ein Abschlagen der Brücken, die zurück in mein sicheres Leben hätten führen können. Alles geschah im Bruchteil einer Sekunde – ein Knall, mit dem die Welt sich verwandelte. Ich blieb bis zum Abend draußen am Waldrand, schaute auf das Tal hinunter, sah mein Heimatdorf in der Biegung des Flusses: Es erschien mir als natürliches Amphitheater. Ich registrierte, wie die Straßenlaternen nach und nach angingen, spürte eine große Verwandlung, eine Metamorphose – im Inneren wie im Äußeren – derer ich mich nicht entziehen konnte. Vor mir lag die liebende Welt der Sicherheit, der Geborgenheit, der Zuflucht, doch in mir hatte dies alles längst seine Wirkung verloren. Keine Welt ist vollkommen, ohne auch die Dunkelheit in sich zu tragen. Nie kann Gleichgewicht entstehen, wenn die Waage im Zeichen des Yin und Yang aus den Fugen gerät. In manchen Gesichtern liegt Freude, in manchen Büchern Weisheit, in manchen Leben Tragik und an manchen Orten Hoffnungslosigkeit; entdecken kann sie jeder nur selbst.

Als ich am späten Abend zurück ins Dorf und in unser Haus trat, schliefen meine Großeltern schon. So schlich ich wie ein Einbrecher, ein Eindringling, der hier nichts mehr zu suchen hatte, die Treppe hinauf zu meinem Zimmer, nahm meinen Schlafsack, packte ein paar Kleidungsstücke und meine Schreibhefte zusammen, öffnete den Geldbeutel meiner Großeltern, der immer auf dem Schrank im Flur in einer silbernen Schüssel lag, und nahm mir alles, was ich darin finden konnte: 58,37 Euro. Dann hinterließ ich ihnen einen Zettel:

»Dies ist nicht das Leben, das ich führen möchte! Ich bitte nicht um euren Segen, doch um etwas Verständnis dafür, mir die Zeit zu geben, mich zu finden. Irgendwann kehre ich heim, als Mann, mit einem Plan, für mich und die Welt, bis dahin bleib ich ein Suchender ...«

Diese Zeilen schrieb ich in großer Trauer und Furcht darüber, wie meine Großeltern meinen Weggang verkraften würden, aber ich musste mir die Zeit nehmen, um etwas zu finden, was mir Freude bereitet, was mich ganz und gar ausfüllt und die Leere im Inneren auffüllt. Nur vollständig würde ich wieder zurückkehren können! Natürlich regten sich in mir Ängste darüber, ob ich nun schlussendlich mein Leben verspielen würde, ob alles sinnlos wäre. Ich hatte Angst vor dem Aufbruch ins Ungewisse, aber ich war ein Suchender nach mir selbst. Diese Umgebung, meine Heimat, in der ich wie die Trauben an den Reben gereift bin, brachte mir keinerlei Erkenntnis mehr. Vielleicht lag diese in der Fremde, die meinen suchenden Geist zu einem Zustand zurückbringen würde, an dem ich mich auf die Grundlagen des Lebens besinnen musste, der mich von den Zweifeln meines Herzens frei machen würde. Als ich die große Haustür leise hinter mir ins Schloss fallen ließ, dem langen Hof hinaus zur Straße folgte und nur einen kurzen, beschämten Blick zurück auf die Fenster des Schlafzimmers meiner Großeltern warf, noch ein letztes Mal mit ruhigen Schritten die kopfsteingepflasterte Straße unter mir beobachtete, wie ein Stein auf den nächsten folgte, da regte sich ein Gefühl in mir. Es bedeutete Zweifel und Ängste des Aufbruchs, die mich zurückhalten und nicht fortgehen lassen wollten, weil das Herz noch an Landschaft und Menschen hing, doch alles lag vor mir und nichts mehr hinter mir. Noch ein letztes Mal schaute ich durch die dunklen Fenster der Häuser, sah die orangenen Lichter der Laternen sich durch meinen Heimatort wie eine Kette unerfüllter Träume ziehen. Ich blickte ein letztes Mal im dämmrigen Abendlicht zur Marienburg auf der anderen Seite des Flusses, die erleuchtet über den Südhang der Trauben thronte, mit dem Wissen, die Heimat hinter mir zu lassen und die Welt vor mir zu haben. In jedem Schritt, mit dem ich mich weiter entfernte, spürte ich die Magie des Aufbruchs, die weder nach Zeit noch nach Sicherheit fragte, die nichts wollte als loszulassen und die lebendig sein wollte. Mit dieser Entscheidung begann mein Leben unterwegs. Ich war inzwischen volljährig, ohne Ziele, mit nichts als dem Heiligtum der Vagabunden, der Suchenden, der Reisenden, für die andere Werte gelten. Nicht das Geld, der Besitz oder die Zukunft, nein, sie ließen sich von Sekunde zu Sekunde treiben, und erfanden sich von Minute zu Minute neu. Sie wanderten nachts alleine auf den Straßen und funkelten wie verlorene Diamanten, denen die Regeln der Gesellschaft nichtig sind, die sich durchschlugen, um zu überleben, um überhaupt am Leben zu sein. Dies war eine andere Welt, nichts roch nach Sicherheit, nach Elternhaus, nach Geborgenheit, selbst die Weißdornsträucher, die Reben am Wegesrand hatten ihr Wesen gewandelt. Alles schien eine große Heiligkeit in sich zu tragen und veränderte meinen Blick auf Bekanntes: Obwohl ich schon hunderte Male diesen Weg Richtung Westen hinaus aus dem Dorf gegangen war, hatte ich ihn nie wie in diesem Augenblick wahrgenommen. Trotz Dunkelheit glühte die Natur um mich herum, ein Strahlen, ein Licht, als lebten Hunderte von Glühwürmchen zwischen den kleinen Ästen. Dieses Licht trug etwas Sterbendes in sich, das ganze Schauspiel wirkte wie ein Begräbnis auf mich und begraben wurde die Umgebung, die mich früher beschützt hatte. Ich hatte am richtigen Ort gelebt, mit den Menschen, die nie Böses wollten, die bei mir waren, wenn der Mond am Morgen nur noch mild am Himmel hing. Doch diese Sicherheit, die sie mir geben konnten, wurde nun zum Gefängnis und jede Routine zur quälenden Monotonie. Jeder Ort übt einen Einfluss auf die Menschen aus, egal wo auf dieser Welt, wir alle sind verbunden mit dem Ort, an dem wir aufgewachsen sind und wir tragen Reste seines Einflusses durch unser gesamtes Leben. Wir alle sind geprägt von dem Ausblick der Fenster unserer Kindheit und dem Geschmack des Essens aus den elterlichen Küchen, dem Duft in den Straßen, den Fassaden der Häuser, der Landschaft, die sich tief in unseren Geist einprägt und niemals mehr verloren geht. Nichts wird uns je von diesen Bildern und Erinnerungen trennen, wir selbst haben nur die Wahl, wie wir auf diese Erinnerungen zurückblicken.

Plötzlich regten sich Zweifel in mir. Wollte ich wirklich diese vertraute Umgebung verlassen, die Menschen, die ich seit meiner Geburt kenne und liebe? Würde ich das Gebrüll der Traktoren im Herbst, den Duft von frischem Most in den Straßen, die Weinfeste, auf denen ich mich die ersten Male betrank und den Glockenschlag des Kirchturmes nicht auch vermissen? Hier starb nicht nur ein Gefühl, sondern ein Ideal der Heimat, das Festhalten der gewohnten Umgebung, der Dinge, denen man sich erst bewusst wird, wenn man sie hinter sich lässt. Die erst dann ein Vermissen wie einen feinen Schmerz auslösen, der erst entsteht, wenn wir uns von unserer Heimat lossagen. Denn, was die Seele nicht kennt, fürchtet sie, bleibt ihr fremd, bleibt unbestimmt wie ein Gemälde ohne Künstler, ruft Unbehagen aus und verschließt die Augen vor der Magie, die in jedem Aufbruch liegt.

Teil II

Geboren werden

Ich saß im Zug Richtung Süddeutschland, sah die Landschaft wie ein verschwommenes Polaroid an mir vorbeiziehen, die vertraute Umgebung verwandelte sich, der Fluss lag in schimmernder Ruhe, zwischen die Weinberge gepresst, auf den Hügeln thronten die Burgen in ihrem altertümlichen Charme und die Fahnen wehten im Frühjahrswind, der von Norden kam. Der Zug war überfüllt, die Leute quetschten sich aneinander vorbei. Aus dem Nachbarabteil hörte ich das Geschrei eines Kindes nach seiner Mutter, mir gegenüber versteckte ein Mann sein Gesicht hinter der aktuellen Ausgabe der Zeit, das Titelbild schmückten die Köpfe von Gates, Zuckerberg und Jobs, mit der Überschrift Die neuen Diktatoren unserer Zeit. Neben mir wischte ein Mädchen, vielleicht 15 oder 16, mit ihrem zarten Zeigefinger über ihr Smartphone, hatte zuvor ein paar Selfies gemacht und überlegte, welches denn das schönste sei. Obwohl ich keinen Unterschied zwischen den Bildern erkennen konnte, sagte ich: »Dieses finde ich ganz hübsch« und deutete mit meinem Finger auf den kleinen, leuchtenden Bildschirm, als wäre er eine andere Realität. Ihre Reaktion war die eines Rehes, das in den Scheinwerfern eines Autos kurz erstarrt, bevor es überfahren wird. Sie schaute mich mit ihren großen Augen an, lächelte kurz, so dass ich es kaum bemerkt hätte, wenn meine Augen nicht auf ihren Lippen geruht hätten, dann drehte sie sich weg und ich tat es auch. Ich schaute wieder aus dem Fenster, wie die Reblandschaft von riesigen Felsen durchbrochen wurde und der Fluss meiner Heimat, die Mosel, auf den Rhein traf, sich mit ihm verband und in ihm unterging. Zwei Gewässer, der eine bedeutete Heimat und Sicherheit für mich, der andere war ein abenteuerliches Treiben, ein reißender Fluss, ein Vorwärtskommen, ein Fliehen ohne Gewissheit. Hier lag eine unsichtbare Grenze für mich, denn weiter war ich noch nie von Zuhause fort gewesen. Nach einem kurzen Aufenthalt, während dem ich aus dem Zug gesprungen war und eine Kippe geraucht hatte, fuhren wir weiter. Ich versuchte etwas zu schlafen, es waren noch etwa drei Stunden bis Heidelberg und ich wusste, dass meine erste Nacht im Zelt vielleicht aufreibend sein könnte, vielleicht versuchte ich auch nur zu schlafen, um meine Unsicherheit, die sich in 1.000 Fragen zeigte, zu vergessen:

Wo sollst du schlafen? Wo willst du hin? Wovon willst du leben? Geh zurück, noch ist es nicht zu spät! Noch ist hier Heimat, nicht nur ein Ort in der Biegung des Flusses?!

Doch während meiner Waldspaziergänge, die ich zwei Wochen lang gemacht hatte anstatt die Schule zu besuchen, hatte ich in einem Buch von Alan Watts einen bedeutsamen Satz gelesen, den ich als Leitfaden für mein Leben benutzen wollte. Eine der großen Verkündungen des Hinduismus, ein Satz, an den ich immer dachte, wenn Zweifel und Ängste in mir aufstiegen und mich zur Umkehr, zur Sicherheit zurückführen wollten: Tat tvam Asi – Das bist du! Kein Wünschen, kein Wollen, kein Analysieren – lasse alles sich selbst regeln.

Mit diesem Gedanken schlief ich ein und erwachte ein paar Minuten vor Heidelberg. Es war etwa Mitternacht an einem Dienstag. Ich stieg aus dem Zug und mein erstes Gefühl gehörte der Verlorenheit. Der Bahnhof war wie leergefegt, ein postapokalyptischer Zustand, nur einzelne schwarze Schatten stiegen in Taxis und verschwanden in der Dunkelheit, nichts als Umrisse von Gebäuden konnte ich erkennen. Lange saß ich im Bahnhofspark und überlegte, wo ich denn nun hingehen sollte, sah mir die Schilder von Wanderrouten den Berg hinauf an. Hinter dem Park brannte noch die Neonreklame eines Kiosks, ich entschied mich, als erstes einen Nachttrunk zu mir zu nehmen. Der arabische Besitzer wollte gerade schließen, als ich vor das Fenster trat. Er musterte mich und meinen schweren Rucksack, den Schlafsack, der an der linken Seite herunterhing und das Zelt, das über meinen Rucksack gespannt war. Ich bestellte zwei Biere und ging zurück zu der Bank, auf der ich eben gesessen hatte, schoss den Kronkorken dem Himmel entgegen und trank genüsslich – mein erster Abend unterwegs und ich saß nachts auf einer Bank in einer fremden Stadt. Was mir eben noch Unsicherheit bescherte, mich zweifeln ließ, zeigte nun seine andere Seite, denn es war ganz egal, wo ich schlafen sollte, wohin ich gehen sollte, es gab keinen Weg, kein Ziel und so wurde alles zum Ziel. Die Wege, die ich gehen würde, waren die Wege, die ich gehen sollte, und mit diesem Bewusstsein schlenderte ich fröhlich den Berg hinauf, raus aus der leeren Stadt Richtung Wald, ohne zu wissen, was mich dort erwarten würde. Der Aufstieg war schwer und steil und langsam wurden meine Augen schläfrig. Ich wollte so schnell wie möglich einen Platz finden, um mein Zelt aufzuschlagen. Oben angekommen, mit nassen Hemd, das an meinem Rücken klebte und von Trägheit geplagt, sah ich in der Dunkelheit eine Lichtung, ein Mammutbaum stand dort, um ihn herum ein angedeuteter Kreis aus Holzpfosten gezogen, der im Vergleich den dicksten Baum der Welt darstellen sollte: Árbol del Tule, Sumpfzypresse, 1600 Jahre alt und mit einem Umfang von 14,05 Metern. Rechts daneben führte ein Wanderweg entlang und durch das Geäst sah man die Lichter der Stadt flimmern.

Hier wollte ich bleiben, wenigstens für eine Nacht. Ich setzte den schweren Rucksack ab, spürte die Feuchtigkeit meiner Klamotten wie Klarsichtfolie über der Haut, sah mich mit meiner Taschenlampe um, um mir wenigstens einen Entwurf meiner Umgebung zu zeichnen. Ich schlug mein Zelt etwas abseits des Weges im Unterholz auf und trotz Angst schlief ich schnell ein, erwachte ab und an in der Nacht vom Rascheln der Zweige, der Tiere, die durch den Wald streunten – und dennoch war es ein guter Schlaf, der tiefe Schlaf des Reisenden. Einzelne Bilder des Tages sah ich vor meinem inneren Auge vorbeiziehen und versuchte nur an die Dinge, die vor mir lagen zu denken und nicht an all das, was ich zurückgelassen hatte. Am Morgen erwachte ich früh, hörte außerhalb meines Zeltes Vogelgezwitscher – die sopranen Klänge einer Kohlmeise – und kurz musste ich überlegen, wo ich überhaupt war. Ich öffnete den Reißverschluss meines Zeltes und da lag die Welt vor mir. Noch war die Sonne nicht zu sehen, aber die Morgendämmerung hatte eingesetzt, der Himmel von einem Blauton erleuchtet, wie ich ihn sonst nur von Fotografien kannte, dieses morgendliche Wunder, die Blaue Wildnis, die sonst Tag für Tag unbemerkt an mir vorbeigezogen war. Plötzlich hatte ich einen Blick für die Ästhetik der Natur, die nicht nach Aufmerksamkeit fragt. Diese Schönheit schwindet langsam im Verborgenen dahin und nur wer selbst erkennt, dass er vergänglich ist, der vermag auch die Schönheit im Vergänglichen zu erkennen. Ich stieg aus dem Zelt, kochte mir einen Kaffee auf meinem Gaskocher, bis die Kanne lauthals in den Morgen pfiff, saß lange auf einem Baumstumpf und sah zu wie der Schatten der Nacht langsam über den Waldboden wanderte und sich ins Waldesinnere zurückzog, und erwartete die ersten Sonnenstrahlen freudig auf meiner Haut.

Es liegt etwas Mystisches in den ersten Strahlen des Tages. Wenn am Morgen der erste Lichtschimmer funkelnd die Augen erreicht, spüre ich eine große Demut, die keiner Worte bedarf und die mein ganzes Wesen durchflutet. Ich hatte einmal in einem Tierbuch von einer Lemurenart namens Katta aus Madagaskar gelesen, die, bevor sie ihren Tag startet, eine halbe Stunde auf Felsen oder Stämmen der Sonne zugewandt sitzt und den Morgen genießt und sich erst danach auf die Suche nach Nahrung begibt. Ich machte sozusagen eine Kattameditation, die meine tägliche Routine wurde. Gelassen zu sein ist ein großes Geschenk. Ich genoss das erste Licht des Tages und ließ meine Gedanken treiben, wohin sie auch immer fließen wollten.

Nachdem ich meine Sachen zusammengepackt hatte, ging ich den Wanderweg entlang, der mich über den Berg und durch den Wald führte. Ich wusste nicht, wie viel Uhr es war und es war mir auch egal. Ich wollte versuchen zeitlos zu reisen, mich nicht der Hektik hinzugeben. Ich hatte keine Termine, musste mich nicht beeilen, hatte nichts weiter zu tun, als mich in den Tag fallen zu lassen. Wenn ich einen Zug nehmen wollte, gab es am Bahnhof eine Uhr, aber sonst wollte ich nur mit der Sonne aufstehen und mit ihr zu Bett gehen.

Die Entwicklungen unserer Gesellschaft und der Wirtschaft sind fest mit dem Konzept von Zeit verbunden; ohne die Zeit und den Druck, der durch sie entsteht, wäre der Neo-Liberalismus dem Untergang geweiht. Ich weiß nicht, ob es so schlecht wäre, wenn unser System eine Metamorphose erleben würde.

Ein Freund meines Großvaters hatte einmal zu mir gesagt: »Verschwende deine Zeit, etwas Besseres kannst du nicht machen.« Und ich glaube, erst jetzt verstand ich, was er wirklich damit gemeint hatte. Eine ganze Weile folgte ich dem Wanderweg durch den Wald, nicht ahnend, wo ich landen sollte. Über mir griffen die Äste der Buchen weit in den Himmel, Pfützen spiegelten Wolken, das Geäst bewegte sich im Wind und all dies gehörte nur mir, war mein Eigen, meine Welt, mein Geist, mein Erleben der Schönheit, die nicht von Menschenhand erschaffen wurde. Irgendwann trat ich aus dem Wald hinaus und vor mir lag ein weites Feld, Ackerbau, goldene Ähren. Duft von Raps, ein Atem der Welt, ein Wissen der Sinne. In der Ferne lag vor mir ausgebreitet ein Dorf fast eingehüllt vom Gold der Felder. Ich ging ihm entgegen, denn langsam fing mein Magen an zu knurren. Die geteerte Straße führte durch die fruchtbaren Felder, ich ließ meine Finger durch den Raps und das Korn gleiten, als dirigierte ich ihn, die Kornhalme wuchsen höher als ich. Auch früher war ich an Feldern entlangspaziert, war lange durch den Wald gegangen, dennoch fühlte ich nun den Zauber des ersten Males. Die Welt ist am schönsten, wenn Menschen zum ersten Mal etwas tun. Wenn wir zum ersten Mal alleine mit dem Fahrrad fahren, das erste Mal im Fluss baden und tief bis zum Grund tauchen, unser erstes Mal auf einer Feier, das erste Bier, der erste Rausch, der erste schüchterne Kuss und natürlich DAS erste Mal. Ich wünsche mir eine Welt, die aus ersten Malen besteht. In dem kleinen Dorf angekommen, das vielleicht 600 Einwohner zählte, suchte ich nach einem Bäcker, fand ihn schließlich und trat ein. Egal, wo ich bin, wenn ich in ein Backgeschäft eintrete und die Leute über den neuen Tratsch des Dorfes sprechen und der Geruch von frischen Backwaren mir in die Nase steigt, ja, dann fühle ich mich ganz wunderbar umschmeichelt und weiß doch mehr von dem Leben in diesem Dorf als ich eigentlich wissen wollte.

Ich saß am Marktplatz auf einer Bank, die Spitze des Kirchturmes reichte weit in den ländlichen Himmel, über den Dächern lag der Glockenschlag zur Mittagsstunde und ich ließ mir mein belegtes Brötchen schmecken. Viele der vorbeifahrenden Autofahrer schauten mich an, als wäre ich nicht von dieser Welt. Vielleicht hatten sie zuvor noch nie einen jungen Vagabunden gesehen, der schwer bepackt irgendwo saß, aß und genüsslich den Rauch seiner Zigaretten in die große, weite Wolkenprärie pustete. Die Blicke der Menschen sind manchmal voll Verwunderung, manchmal voll Abscheu, doch jegliche Neugier ist gezeichnet vom Wandel der Umgebung, vom Aufbrechen des Kreises der Konformität. Nach meiner kurzen Rast ging ich eine Landstraße entlang, hinaus aus dem Dorf, hielt den Daumen raus und hoffte als Tramper schnell Richtung Süden zu gelangen. Die Sonne stand im mittäglichen Zenit und es dauerte nicht lange, da hielt eine Frau mittleren Alters mit ihrem roten Kombi an und nahm mich mit. Aus dem Radio ertönte eine Stimme, die die Wettervorhersage einer lauwarmen Frühlingswoche verkündete. Die Fahrerin und ich unterhielten uns über Reisen, über ihre Jugend und die Schönheit meiner Heimat, über die seidigen Hügel, über den Fluss, der sich wie eine schlafende Frau in die Landschaft legt, doch ich hatte keine Lust mir Lobpreisungen über den Ort anzuhören, vor dem ich geflohen bin. Als Tramper habe ich immer das Gefühl, die Fahrerin unterhalten zu müssen. Es ist fast wie ein Theaterstück, das ich aufführe, damit sie es nicht bereut, mich mitgenommen zu haben und sich am Ende die Wege mit einem guten Gefühl für beide Seiten trennen und sie das nächste Mal wieder gerne jemanden mitnimmt. Es ist eine ungeschriebene Regel, die zwischen allen Trampern und Vagabunden der Welt besteht, ein Codex, der uns alle miteinander verbindet.

Sie fragte nach meinen Plänen: Es war zwar keine Lüge, aber dennoch fühlte es sich wie eine an, denn ich hatte verschwiegen, dass ich abgehauen bin, dass ich der Schule verwiesen wurde, weil ich meinen Schulleiter geschlagen hatte und dass ich zwar auf Reisen war, aber auch obdachlos. Ohne von diesen Dingen zu wissen, lächelte sie, während ihr Blick aufmerksam auf die Landstraße gerichtet war, die in Schlangenlinien durch die Felder führte, die am Fenster in allen erdenklichen Farben vorbeizogen. Wir unterhielten uns viel, sprachen über ihren Job in der Verwaltung der Stadt, ihre Familie und ich hörte ihr halb gelangweilt zu. Irgendwann erreichten wir den Bahnhof von Sigmaringen. Ich bedankte mich bei ihr, sie wünschte mir alles Gute und wir verabschiedeten uns wie zwei Fremde, die der Zufall für einen kurzen Augenblick zusammengeführt hatte.

Am Bahnhof suchte ich auf dem Fahrplan nach einem Zug. Sofort fiel mir Friedrichshafen am Bodensee in den Blick. Ich hatte den Bodensee zuvor noch nie gesehen und außerdem wollte ich so schnell wie möglich Richtung Süden. Ich zählte mein Geld. Noch etwa 40 Euro, deutlich zu wenig, aber ich genoss die Entbehrung als Askese und fühlte mich wie ein armer Pilger auf seinem Glaubensweg. Der Bahnsteig, an dem der Zug in 17 Minuten abfahren würde, war überfüllt. Ich warf meinen Rucksack auf den Boden, setzte mich drauf und drehte mir aus den krümeligen Resten meines Pueblo-Tabaks eine Kippe. Es war einer der ersten herrlichen Tage des Jahres, ich sah zu wie mein Rauch sich über den Bahnhof verteilte, wie die Gleise funkelnd unter der Sonne dalagen, krächzende Güterzüge, die von hier aus in die ganze Welt fuhren – es herrschte Hektik wie an jedem anderen Bahnhof der Welt auch. Männer mit Anzügen joggten lässig Richtung Zug, Kinder schrien festgeschnallt in ihren Kinderwagen und wehrten sich gegen den ersten Freiheitsentzug ihrer jungen Leben, Koffer fielen die Treppen hinunter. Eine Seniorengruppe folgte einer jungen Dame, die ein Schild in die Luft hielt, Bierdosen flogen halbvoll durch die Luft und landeten in Mülltonnen, von weit her hörte man Schreie von Betrunkenen. Der alltägliche Wahnsinn.

Meine letzten 40 Euro investierte ich lieber in Tabak, Bier und etwas Anständiges zu essen als sie diesem elendigen Großkonzern in den Rachen zu werfen. Was machte es schon für einen Unterschied, ob ich ein Ticket löste oder nicht? Ins Gefängnis käme ich sicher nicht. Später in meinem Leben sollte ich wirklich wegen Erschleichung von Leistungen 21 Tage im Knast verbringen. 21 Tage, in denen ich traurig aber auch ohne Ablenkungen, mit den Gitterstäben vor dem Gesicht, wunderbare kleine Kurzgeschichten und Gedichte schreiben sollte. Der Zug fuhr ratternd in den Bahnhof ein, mein Körper fing an zu kribbeln, ich spürte das Adrenalin in der Blutbahn. Ich versuchte mich unbemerkt am Ende des Zugabteils aufzuhalten. Die Aufregung stieg von Sekunde zu Sekunde, stets achtete ich auf die Tür meines Abteils, erwartete den Eintritt des Kontrolleurs und konnte dabei nicht die Fahrt durch die wunderbare Landschaft genießen. Die schwäbische Alp zog in ihrer seidigen Ästhetik an mir vorbei, doch ich nahm nichts davon wirklich wahr, ich hatte zu große Angst, erwischt zu werden. Minuten wurden Stunden, es schien als hinge ich in einer Zeitschleife fest. Jedes Mal, wenn die Schiebetür sich öffnete, überkam mich eine Angst, ein Herzklopfen, das mir bis in den Hals schlug. Es ist diese Furcht, dieses Warten darauf, erwischt zu werden, das mich verrückt macht. Durch die Sprechanlage des Zuges ertönte eine Stimme, die die Ankunft im Bahnhof von Friedrichshafen verkündete. Verdammt, jetzt hatte ich mir die ganze Fahrt über Sorgen gemacht erwischt zu werden und es passierte nichts. Was war eigentlich mein Problem? Ich wurde nicht erwischt und das war doch der Punkt, daher schwor ich mir ab diesem Ereignis, nie mehr Angst vor etwas zu haben, das vielleicht eintreffen könnte, mir keine Sorgen über Konsequenzen zu machen. Vielleicht ist das nicht die Schlussfolgerung, die ein vernünftiger Mensch erwarten würde, sondern eher, dass ich nicht mehr ohne Ticket reisen sollte, aber ich habe mit keinem Wort erwähnt, dass ich vernünftig bin, denn Vernunft ist kalt und das Leben wie römisches Feuer. Übermütig stieg ich aus dem Zug, ich hatte es diesem elendigen Großkonzern gezeigt – na ja, vielleicht auch nicht. Obwohl ich mir damit die Fahrt verdorben hatte, war ich zufrieden mit meinem Tunichtguttum, mit meinem Betrug, der einen wesentlichen Teil meiner Grundeinstellung verändert hatte und durch den ich vielleicht mehr gelernt habe, als wenn ich erwischt worden wäre.

Es gibt eine angeborene Moral, ein Empfinden für Recht und Unrecht, das mit den Jahren in einem Wirtschaftssystem verloren gehen kann, das tief auf die Bestimmung unserer Herkunft, unseres Lebens und dessen Umstände zurückzuführen ist. Doch diese Moral richtet sich nicht gegenüber unternehmerischen und wirtschaftlichen Zielen einiger, von Menschen erschaffenen Unternehmen, sondern ist allein der Würde des Individuums verpflichtet. Wenn wir also diese Moral und Ethik missachten, verhalten wir uns unmenschlich. Sie lässt uns innehalten, wenn wir uns verlieren im Ringen um Macht, Liebe und Anerkennung. Wenn jede einzelne Handlung einem scheinbar höheren Zwecke dient und dabei das moralische Verständnis dem höheren Zwecke unterliegt, ist die Frage nach Gut oder Böse nur eine persönliche Rechtfertigung der fehlerhaften Handlung.

In Friedrichshafen angekommen war es Abend geworden, die Straßenlaternen gingen nach und nach an, über ihnen erleuchtete Fenster alter Häuser und darüber ein blauer, schwarzer Himmel, der mehr und mehr an Farbe verlor. Im nächsten Supermarkt, den ich finden konnte, kaufte ich Bier und eine Dosensuppe und folgte einer langen Allee, zu deren beiden Seiten sich alte Eichen mit Straßenlaternen abwechselten. Ein warmer Abend. In der aufkommenden Dunkelheit der Dämmerung schossen kleine schwarze Nachtspatzen tief durch die Luft, saßen auf den Dächern und sangen der Stadt ihre Lieder. Auf den Bänken an der Promenade küssten sich junge Verliebte im Rausch der ersten Frühlingsgefühle und vor ihnen lag weit ausgebreitet der See, mit einer Nebeldecke überzogen, die tief über dem Wasser schwebte; und an einem kleinen Sandstrand schlugen zarte Wellen. Hinter dem See durchstachen die Gipfel der Schweizer Alpen die sternenschwarze Ferne und ich setzte mich in den feuchten Sand, zog das Bier auf und trank still der Schönheit lauschend.

Plötzlich fing es an zu regnen. Schnell packte ich meine Sachen zusammen und stellte mich unter einen Dachvorsprung, hörte der Melodie des Regens zu, wie die großen Tropfen plätschernd auf den See niederfielen. Der Asphalt – hart und undurchlässig – applaudierte und jedes Mal erinnerte er mich an das Lieblingsstück meines Großvaters, das oft in voller Lautstärke durch unser Haus gedröhnt hatte: Der Sommer von Vivaldi. Nicht weit vom Strand entfernt lag ein Campingplatz. Nachdem der vivaldische Regen aufgehört hatte, der Himmel aufbrach und der Mond sichelförmig zwischen der Wolkendecke erschien, schlich ich durch das Eingangstor und schlug mein Zelt verborgen von einem großen Wohnmobil, in dem ich zwei Stimmen fröhlich plaudern hörte, in der hintersten

Ecke auf. Ich blieb lange wach in der Nacht, doch dieses Mal hatte ich keine Angst erwischt zu werden, mir war es schlicht egal. Ich trank meine Biere gemütlich im Dunkeln, saß im Schneidersitz und lauschte den Gesprächen, die aus dem Wohnmobil durch die Nacht zu mir drangen. Später ging ich eine Runde über den Campingplatz und erkundete die Duschräume – und siehe da, sie waren im Preis inbegriffen, für mich also umsonst. Natürlich hätte ich auch im See baden können, doch wenn ich spüre, wie mir das Wasser Tropfen für Tropfen den von Rucksacklasten geplagten Rücken hinunterfließt, über mein Gesicht läuft, dann ist es fast so, als würde ich unter einem Wasserfall stehen.

Ein paar Tage später, nachdem ich den Bodensee verlassen hatte, stand ich an einer Straße, um per Anhalter nach Österreich zu kommen. Die Autos brausten an mir vorbei, der Fahrtwind wehte unbarmherzig durch meine zerzausten Haare. Ich stand etwa 30 Meter von einem Rastplatz entfernt, hatte ein braunes Schild, auf dem Innsbruck stand, in den Händen, das ich mir aus einem Karton aus einer Mülltonne gebastelt hatte. Die Mittagshitze brannte auf meiner Haut, der Frühling hatte sich bereits über die Landschaft gelegt. Die liebste Zeit der Reisenden: Überall öffnen sich die Knospen der Blumen, erwachen aus dem Winterschlaf und die Vögel sind von einer heiteren Hektik durchtrieben, die sie lange Pirouetten durch die Luft fliegen lässt. In jedem Frühling liegt ein Erwachen der Seele, der Geist befreit sich von den grauen Tagen des Winters, wird abenteuerlustig, hört wieder hin, wenn die Musik der Welt ertönt, erblickt die kleinen Wunder und versperrt sich nicht mehr vor der Schönheit. In jedem Frühling fühle ich mich wie verliebt, ohne wirklich verliebt zu sein, die Welt zeigt sich von ihrer attraktivsten Seite, legt all ihre Traurigkeit ab, versteckt sie hinter den Blüten am Wegesrand, hinter dem fröhlichen Gesang der Vögel, hinter dem Farbenspiel der Wiesen und Felder, so dass ich – vielleicht für eine Woche oder zwei – denke, in einer Welt zu leben, in der es noch Hoffnung gibt.

Die leichten durchlässigen Wolken zogen über die Sonne hinweg und verschwanden hinter den Gebirgsketten südlich von mir. Ein Wagen hielt an, der Fahrer mit Sonnenbrille und einem schwarzen Bart kurbelte das Fenster hinunter, elektronische Beats dröhnten mir aus den Boxen entgegen.

»Hey, komm mit, ich fahr nach Innsbruck.«

»Yeah!« Ich warf meinen Rucksack auf den Rücksitz und stieg ein.

»Ich bin Werner, aber meine Freunde nennen mich Gückzell.«

Er war Mitte 30 und machte einen lässigen Eindruck, wie er am Steuer saß, mit der Musik, die basslastig aus den Boxen dröhnte. Er drehte lauter, wir kurbelten die übrigen Fenster ebenfalls herunter und brausten los.

»Willst du 'ne Kippe … oder einen Joint?«

»Kippe gerne, Joint auch, aber nicht jetzt«, antwortete ich, denn später musste ich noch einen Schlafplatz finden und ich kannte mein bekifftes Ich nur zu gut. Man kann es sich wie einen fettleibigen Typen vorstellen, der sich einen Film nach dem anderen reinzieht und dabei tütenweise Kartoffelchips frisst und der immer fetter wird und anfängt zu stinken, bis er irgendwann nicht mehr aus dem Bett kommt.

»Ich kann dich mit nach Bozen nehmen, das liegt schon in Italien und wird dir wahrscheinlich besser gefallen als Innsbruck.«

»Klingt gut. Wie lange fährt man denn etwa?«

»Ein paar Stunden sind es schon!«

Wir verließen Deutschland und ich schaute nicht zurück, sondern mein Blick war nach vorne, auf den weiß flimmernden Seitenstreifen, gerichtet.

»Wohnst du in Bozen, oder was machst du da?«

Für meine letzte Mitfahrgelegenheit hatte ich mich nur wenig interessiert, aber bei Werner war es anders, er sah aus wie ein entspannter Typ. Ich hatte das Gefühl, wir seien von einem Schlag und es verbinde uns eine tiefe Sehnsucht nach den lebendigen, ungezähmten Dingen des Lebens, nach Augenblicken, von denen der Geist sich noch lange nährt, selbst wenn der Körper gebrechlich wird.

»Ich führe in Bozen die Halle 28, das ist ein Technoclub und ich lege auch auf, aber nicht mehr so viel wie früher«, sagte er und musste dabei lächeln.

Wir fuhren über den Brennerpass, der die Grenze zwischen Österreich und Italien die Gebirgsketten entlang durch die Alpen zeichnete. Auf einer Höhe von 1.300 Metern fühlte man sich den noch mit Schnee bedeckten Gipfeln nahe, und nachdem wir einen kilometerlangen Tunnel passiert hatten, war die Welt wie verwandelt. Aus den weiß leuchtenden Gipfeln, den Tannenwäldern, die sich entlang der Berge zogen, wie ein grünes Meer aus Wipfeln und Kronen, entwuchs eine mediterrane Landschaft. Vereinzelt standen auf den Rebhügeln Schlösser, Kapellen und Villen und vieles erinnerte mich an meine Heimat, die ich zurückgelassen hatte.

»Wenn du willst«, riss Werner mich aus meinen Gedanken, »komm doch heute Abend vorbei, es legen zwei DJs aus Bologna auf, ich schreib dich auf die Gästeliste.«

»Klingt gut.«

»Sag mal, wo pennst du denn überhaupt?«

»Ich hab' mein Zelt dabei und such mir einen Platz außerhalb der Stadt.«

»Also, so ganz im Sinne eines Vagabunden?«

»Kann man wohl so sagen.«

»Das habe ich früher auch gemacht, deshalb nehme ich auch immer Anhalter mit. Meistens sind es interessante Menschen. Nur einmal habe ich einen älteren

Mann mitgenommen. Das war vielleicht eine Fahrt! Er roch schon stark nach Alk, als er einstieg, und alle zwei Minuten trank er aus einem Flachmann. Ich habe ihn dann gefragt, was er da trinke: »Korn, das hält die Seele jung!« Und als ich dann eine Vollbremsung machen musste, weil irgendein Vollidiot vor mir nicht fahren konnte, kotzte er mir voll gegen die Windschutzscheibe. Das hat vielleicht gestunken ...«

Wir fingen beide an zu lachen und drangen weiter Richtung Süden vor, am Fenster zog die schönste Weinlandschaft vorbei, und ein Gefühl der vollkommenen Freude über dieses süße Leben stieg in mir auf. Vor ein paar Tagen war ich noch in meiner Heimat gewesen, hatte mich mit meinen Schuldgefühlen herumgeschlagen und dem Gedanken, nichts Neues zu erleben, sondern in der Konformität zu versinken. Doch jetzt befand ich mich schon in Italien, in einer Karre mit einem coolen Typen, fast pleite, ohne Ziel und rauchte eine Kippe nach der anderen. Je mehr ich entbehrte, um völlig frei unter den Himmeln der Welt zu wandern, desto mehr verging auch das scheußliche Gefühl, nichts Neues zu erleben.

Erst wenn man einmal unterwegs ist, wird einem klar, wie viele gottverdammte Stunden ein Tag eigentlich hat und wie viele man von ihnen einfach so vergeudet: Vor der Volksverblödung der Fernsehapparate, in den Schulen, in denen man nur wenig lernt was von Bedeutung ist, sondern in denen sie einem beibringen Rechnungen zu bezahlen, fürs Alter zu sparen, ein elendiger Gutbürger zu werden und im Mittelmaß unterzugehen.

Wie soll ich nach der Schule wissen, was ich später einmal machen will oder was mir Freude bereitet, wenn es nicht einmal die Möglichkeit gibt, darüber nachzudenken oder neue Sachen auszuprobieren. Niemand wird sagen: »Geh auf Reisen, suche dich, finde dich, mach worauf du Lust hast, probier alles aus«, keiner der Lehrer oder der Eltern wird sagen: »Du musst noch nicht wissen, was du machen willst, zieh einfach umher, mal Bilder, schreib Gedichte, lern Gitarre spielen!«. Alle werden sagen: »Mach was Vernünftiges, etwas Sicheres, mach eine Ausbildung oder geh Studieren, Reisen kannst du später immer noch.« Aber so werden keine Gedichte geschrieben, keine Gemälde gemalt, keine Lieder gesungen. Nie geht man mehr reisen, nie ist man mehr von Freiheit umgeben als nach der Schule.

Wir erreichten Bozen, sahen die Stadt weit ausgebreitet – umringt von den Dolomiten – im Tal Richtung Süden liegen. Ein schlafender italienischer König, dessen Krone aus weißen Berggipfeln bestand. Werner ließ mich etwas außerhalb der Stadt raus, damit ich mir einen Platz zum Zelten suchen konnte, dann drückte er mir mit den Worten: »Bis heute Abend« einen Flyer mit der Adresse des Clubs in die Hand und brauste in einer Staubwolke davon. Erst jetzt spürte ich die klimatische Veränderung. Mit einem Schlag überkam mich die Hitze Italiens. Ich ging einen Wanderweg entlang, der in Serpentinen hinaufführte, vorbei an Weinbergen, vorbei an kleinen Brunnen, aus denen sprudelnd das Wasser drang, Zedern säumten den Weg zu beiden Seiten. Das alte etruskische Gemäuer der Gebäude blitzte im Licht, die gefärbten Fenster funkelten weit unten im Tal, der Tag lag kühn und stolz über der Stadt, mächtige Burgen und Weingüter thronten auf den Hängen. Mein Blick schweifte weit über diese Wunder hinweg, weit über die Weinterrassen, Apfelplantagen, Kirchen und Kapellen, weit über die Glockentürme, die mit ihren Melodien das ganze Tal erklingen ließen, bis zu dem Punkt, an dem die Landschaft blau in der Ferne verschwamm.

Eine ganze Weile folgte ich dem Weg entlang der Hänge, an denen Trauben und Äpfel gediehen. An einem Brunnen, an dem sich der Weg kreuzte, legte ich eine Pause ein. Das Holz der Bank war unter dem wechselhaften Wetter verrottet. Von überall nahm ich Düfte von Lavendel und riesigen Rosmarinbüschen wahr, die tief in meiner Nase nachglühten. Hinter dem Brunnen gab es einen Zaun und hinter diesem lag ein weites Feld, das mit Apfelbäumen bepflanzt war. Die Steigung war hier nicht so steil wie an den anderen Plätzen, die ich zuvor begutachtet hatte. Nach einer kurzen Pause auf der Bank sprang ich mit einem Ruck über den Zaun, blieb mit dem Fuß in einer Masche hängen und fiel mit dem Gesicht ins Gras. Nach kurzem Schock drehte ich mich auf den Rücken und blieb ein paar Minuten lächelnd liegen.

Wie war ich froh, Bewegung in mein Leben gebracht zu haben. Stillstand war Tod und das Vergessen des Lebens, war Nichtachtung der Welt. Ein Hauch, der für kurze Tage durch die Welt schwebt und dem man folgen kann, damit die Tage wieder leuchtend sind und wie olympische Feuer brennen. Nichts vergeht ohne Sinn, ohne einen Teil zur Existenz beigetragen zu haben, ohne gelebt zu haben, ohne dem Universum Verse und Lieder geschenkt zu haben und sich selbst dem Universum splitterfasernackt hinzugeben. Auf dem Feld schlug ich mein Zelt unter einem Apfelbaum auf, dessen Blüten wie das Weiß in Kinderaugen leuchtete. Lange saß ich unter diesem, ging spazieren, sah zu, wie sich der Abend über das Tal legte und machte einige Notizen über meine bisherigen Tage, die ich unterwegs war. Dann füllte ich einen alten Fünf-Liter-Kanister, den ich in einem Gebüsch fand, am Brunnen mit Wasser auf, stach mit meinem Messer ein paar Löcher in den Boden, hängte ihn an den dicken Ast des Apfelbaumes und hatte mir so meine eigene Dusche gebaut. Ab und zu kamen ein paar Wanderer vorbei und lächelten mir zu, wie ich mich nackt unter dem Baum abbrauste.

Ich versteckte mein Zelt unter ein paar großen Ästen und machte mich frisch geduscht auf den Weg in die Stadt. Die blaue Stunde hatte begonnen, der Mond war leicht wie an seidenen Fäden am Himmelszelt aufgehängt zu sehen. Langsam versank das Licht, die Sternennacht tauchte empor aus der blauen Dunkelheit. Ich schlenderte die Serpentinen mit leichten Schritten und ohne Gepäck hinunter, um die Stadt wie ein Tourist erleben zu können. Zu diesem Zeitpunkt hatte ich noch etwa 30 Euro in der Tasche, nicht viel, aber genug um glücklich zu sein und nicht verhungern zu müssen. Mein erster Eindruck von Bozen war zauberhaft. Es war das Tor zu Italien, dort wo sich die Berge Richtung Meer neigten. Neben den Wirtshäusern und schicken Hotels, den Geschäften unter den Lauben, die sich wie eine lange Allee durch eine enge Häuserschlucht zogen, gab es viele Grünanlagen, in denen sich Penner sammelten und tranken. Ich sah viele Menschen bettelnd in den Straßen, während sich neben ihnen der Eingang zu einer Boutique befand. Ich ließ mich durch die Gassen treiben, sog jedes Schild, jeden Stein, jede Fassade auf, ergötzte mich daran, wurde eins mit der Stadt. Der Glockenschlag verkündete den Abend, an den Tischen vor den Lokalen saßen die Leute zum Abendessen, sprachen ein Wirrwarr aus Italienisch und Deutsch, während der Rotwein auf ihren Tischen im bordeauxfarbenen Licht des Abends funkelte. Als ich die Tür einer Bar an der Ecke zum Obstmarkt öffnete, hörte ich lauthals einen Mann mit dem Barkeeper streiten. Er hatte lange zerzauste Haare und schrie mit grober Stimme durch den Laden: »Jetzt gib mir endlich ein Bier! Drecksladen!«

»Du bekommst hier kein Bier mehr! Aus deinen unbezahlten Deckeln könnte ich eine ganze Pyramide bauen.«

»Ach, komm schon, Toni, du weißt, ich hab' bis jetzt immer alles bezahlt.«

»Du hast gar nichts bezahlt, das ist doch das Problem! Und jetzt hau ab! Komm wieder, wenn du Kohle hast.«

Er drehte sich um, ging mit taumelnden Schritten Richtung Tür und sah mich am Eingang stehen, kam näher, legte den Arm wie ein alter Freund um mich und fragte: »Willst du einem alten Trinker ein Bier ausgeben?«

Vom Tresen, an dem andere Trinker saßen, hörte man im Kanon rufen: »Tu's nicht, tu's nicht, den wirst du erst wieder los, wenn du pleite bist.«

Trotz Warnungen lud ich ihn auf ein Bierchen ein, ich kann doch keinem Mann sein Bier verwehren. Ich bestellte und der Barmann kam mit schüttelndem Kopf meiner Bitte nach. Dann setzte ich mich an einen Tisch und der zauselige Typ folgte mir.

»Lass dir von den alten Säcken da hinten nichts sagen, das sind verzweifelte Trinker, die wissen von allem und nichts, wenn du verstehst, was ich meine. Salute, mein Freund!«

Wir stießen an und ich war froh etwas Gesellschaft zu haben, egal welcher Art. Klaus war zwar keine hübsche Frau, wie ich es mir in meiner jugendlichen Fantasie ausgemalt hatte, aber er hatte vielleicht was zu erzählen. Er trank sein Bier mit schnellen Schlucken aus, ich bestellte eine weitere Runde, dann noch eine und Klaus erzählte mir seine halbe Lebensgeschichte. Dass er eine Eigentumswohnung besitzt, die zwar kein Strom hat, aber die er bald verkaufen will, um auf die Kanaren auszuwandern.

»Weißt du, ich habe fast zwei Jahre in Andalusien in Höhlen gelebt, direkt am Meer, in den guten alten 60er-Jahren war das. Wir haben gekifft und Bilder gemalt und gefickt und Musik am Feuer gemacht, in unserer ganz eigenen Vision von Freiheit.«

Während er von seiner Vergangenheit sprach, sah ich ihm tief in die Augen. So spüre ich, ob jemand die Wahrheit spricht oder nicht und in Klaus' Augen war ein Feuer zu erkennen und dieses trug ein Vermissen in sich. Wir saßen direkt am Eingang, die verglaste Front der Bar ließ unsere Blicke hinaus auf die gepflasterte Straße fallen, deren einzelne Steine vom Licht der Laternen orange beleuchtet wurden, in der dunklen Ferne die Umrisse unbekannter Berggipfel. Die Tür öffnete sich und zwei junge Frauen kamen herein. Sie sahen gut aus und Klaus hechelte ihren wohlgeformten Ärschen hinterher.

»Verdammt, sind das zwei Spice Girls, oder was meinst du?«

»Ja, auf jeden Fall, attraktive Frauen!«

»Okay, weißt du was, ich gehe mal rüber und frag, ob sie zu uns kommen wollen – Rock'n'Roll, Baby!«

Dann stand er mit einem Ruck auf und ging quer durch das Lokal zu den Frauen, die gerade Platz genommen hatten. Wegen der lauten Musik konnte ich ihrem Gespräch nicht folgen, aber er zeigte öfter mit seinem Finger auf mich und erzählte irgendwas. Es schien zu funktionieren, die Frauen lächelten und folgten ihm zu unserem Tisch. Klaus stolzierte wie ein alter König durch den Laden, vorbei an dem Tresen, an dem die anderen Trinker, wie Hühner auf der Stange, ohne Rührung, traurig über ihren halbleeren Biergläsern hingen, selig besäuselt. Klaus stellte mich vor, die zwei gaben mir die Hand und nahmen Platz. Beide sprachen Deutsch mit einem italienischen Akzent. Wir unterhielten uns nett und ich wurde immer betrunkener, trank ein Bier nach dem anderen, bis mir bewusste wurde, dass ich nicht genügend Geld dabeihatte, um die Rechnung zu begleichen. Die Mädchen gingen zu zweit auf Toilette und ich sagte zu Klaus: »Du, ich hab' nicht genug Kohle dabei!«

»Ach, ist doch kein Problem, wir machen jetzt schnell die Fliege. Die Weiber sind sowieso öde!«

Klaus trank sein noch fast volles Bier mit einem Schluck aus, warf sich in seine Jacke, zerrte mich am Arm aus der Bar, dann rief er dem Barmann noch ein »Schreib's auf, Toni« entgegen. Wir hörten ein abgebrochenes Arschloch von drinnen ertönen, bevor die Tür in den Rahmen fiel und wir mit wankenden Schritten durch die Straßen flüchteten. An einer Ecke machten wir halt, außer Puste stützten wir uns auf unsere Oberschenkel.

»Mensch, war das ein Spaß!«, lachte Klaus und ich tat es ihm gleich.

»Ich bin betrunken und muss mal ins Bett, aber vielleicht sehen wir uns nochmal. Wie lange bleibst du denn in Bozen?«

»Ich weiß noch nicht, mal schauen ...«

»Na gut, wenn wir uns wiedersehen sollen, dann sehen wir uns auch wieder, und wenn nicht, soll es eben nicht sein – Rock'n'Roll, Baby!«, rief er, drehte sich um und folgte einer langen Straße hinaus aus der Innenstadt. Ich schaute ihm nach, wie sein zerzaustes Haar in der Ferne wehte, dachte daran, wie wunderbar verrückt dieser Typ war und dass es viel zu wenig Menschen wie ihn auf der Welt gab. Als ich gerade in meiner Jacke nach meinem Tabak suchte und darüber nachdachte zurück zu meinem Zelt zu gehen, fand ich den Flyer in meiner Hand wieder, zog ihn aus der Tasche und betrachtete ihn. Werner hatte mich ja in seinen Club eingeladen, die Adresse funkelte wie ein geheimer Wunsch. Es war etwa Mitternacht und ich schlenderte betrunken in ausfallenden Schritten durch die Straßen. Die Stadt hatte sich verwandelt. Die Gassen waren leer, nur vereinzelt traf man Menschen und ich blickte hinauf zu den Bergen, sah die alten Fassaden der Gebäude hinauf und hörte das Quietschen der Klappfenster, durch die der kalte Bergwind zog. Alles lag in einem sanften Schimmer der Trunkenheit. Der Club lag etwas außerhalb der Stadt. Ich fand mit dem Glück des Betrunkenen sofort den Weg. Schon 100 Meter vor dem Eingang hörte man die Bässe vibrieren. Ich wollte mich gerade in die Warteschlange stellen, da sah mich Werner und rief mich zu sich: »Hey Noan, schön, dass du gekommen bist!« Wir gingen durch eine große Metalltür, hinter der schon die Bässe dröhnten. Ein schwerer schwarzer Vorhang hing dort und als er sich öffnete, lag eine andere Welt vor mir, die bunten Lichter im Stroboskopgeplänkel, hunderte Menschen in Tanz und Musik verloren, die Ekstase des Augenblickes, Schiff und Hafen in der Nacht. Auf der Bühne drehte der DJ seine Platten, hob die Hände und die Menge gab sich den Beats hin. Werner nahm mich mit zur Bar und drückte mir ein Bier in die Hand, dann folgte ich ihm durch eine kleine Tür an der Bar vorbei in sein Büro. In der Ecke stand ein Sofa, auf dem sich gerade ein Paar vergnügte.

»Hey Leute, das ist Noan, der Tramper, von dem ich euch erzählt habe.«

»Ich bin Moni«, kam das Mädchen auf mich zu, umarmte mich herzlich und sah mich mit Pupillen groß wie der Mond an. Der Typ stellte sich ebenfalls vor, sein Name war David.

»Willst du auch etwas Koks ziehen oder lieber eine E, oder beides?«

Wir vier saßen in einem Kreis um den runden, kleinen Tisch, auf dem David das weiße Pulver in vier gleich große Lines strich, er bewegte seine Hand, in der er eine Kreditkarte hielt, wie ein Dirigent und das Pulver war seine Musik.

»Ich liebe Koks und Emma zusammen«, sagte Moni und streichelte David verträumt über den Rücken. Werner fragte mich, wie mir Bozen bis jetzt gefiel, während sein Freund akribisch genau das Koks auf dem Spiegel verteilte.

»Bis jetzt gefällt es mir prima hier, Bozen ist echt eine tolle Stadt und die Menschen auch.« Er nickte begeistert.

»Wenn du vorhast länger zu bleiben und etwas Kohle brauchst, kannst du auch gerne ein paar Tage hier im Club hinterm Tresen arbeiten, wir brauchen immer Unterstützung«, bot mir Werner an.

»Das wäre fantastisch, bin ganz schön blank.«

»Kein Problem, dann machen wir das, aber lass uns morgen nochmal darüber reden.«

David reichte Werner den zusammengerollten Schein, der zog die Line mit einem Zug weg, dann hob er mit zusammengekniffenen Augen den Kopf, schnappte sich mein Bier, nahm einen Schluck und warf die Pille ein.

»Auf ins Wunderland!«

Nach und nach zogen und schluckten wir alle, schauten uns mit verträumten zugedröhnten Augen an, während aus der Halle die Beats zu uns drangen. Der DJ spielte einen Übergang und Moni sprang auf: »Oh mein Gott, ich liebe diesen Track, lasst uns tanzen gehen!« Sie nahm mich an der Hand und die anderen folgten uns durch die Menge, direkt vor die Boxen. Wir tanzten, wir zappelten zu den Tönen und als ich Moni ansah, wie sie mit geschlossenen Augen in der Musik versank, sich mit ihren Händen durch ihre langen schwarzen Haare fuhr, verließ ich gedanklich Zeit und Raum. Für einen winzigen Moment sah ich ihren Körper in Zeitlupe, jede bedachte Bewegung in der zauberhaften Schleife der Drogen. Moni und ich tanzten eng umschlungen, sie rieb ihren Arsch an meinem heimatlosen Schwanz und ich machte mir schon Gedanken wegen David, doch er schaute mich nur an und sagte: »Mach dir keine Sorgen, wir lieben uns doch alle.« Dann gab er mir einen langen Kuss auf den Mund. Ich wurde noch nie zuvor von einem Mann geküsst. Wir lächelten uns an, Moni küsste uns beide, biss mir fest in den Hals, ich ging mit meiner Fingerspitze über die Stelle, blutrot die Fingerkuppe im Stroboskoplicht der Nacht. Werner stand lächelnd neben uns: »Bei ihr musst du aufpassen, sie wird wild, sobald sie was genommen hat.«

Für mich ist die elektronische Musik eine der jungen Töchter des Jazz. Es lebt auch hier eine ungebrochene Ekstase in den Melodien, die sich allein mit der Komposition des Augenblicks beschäftigt, die getränkt ist von Drogen, Rausch und Küssen, die sich dem Treiben hingibt und entsteht, als Melodie der wilden Nacht.

Dann setzte auf einmal die Wirkung des MDMAs ein. Große Euphorie. Berührungen wie Blitzschläge. Schweiß und weit aufgerissene Augen. Taumelnd unter bewegten Lichtern. Kein Gedanke überlebte. Bässe und Beats. Herzschlag der Nacht.

»Komm mit«, flüsterte mir Moni ins Ohr. Zerrte mich am Arm. Vorbei an der Menge. Hinter einen Vorhang. Eine kleine Brüstung hoch. Keine Frage nach dem Warum. Küsse an meinem Hals. Blutstropfen perlten ihr vom Mund. Geschlossene Augen. Lippenfasern. Nudistische Nacht. Bass und Becken im Takt. Verschmolzene Körper. Zeitloses Lieben. Stöhnende Münder. Orgasmen und Orgasmen. Bruchteile ihrer Atlantikaugen. Hohe See. Auf jede Frage eine Antwort. 15-Minuten-langes-Glück. Auf einmal ging das Licht an, die Leute strömten zum Ausgang und als nur noch das Personal und wir im Club waren, hörten wir die Stimmen von David und Werner nach uns rufen. Ihre Worte klangen wie Stimmen aus einer anderen Welt. Wir zogen uns an, küssten uns ein letztes Mal und kletterten die Brüstung wieder hinunter.

»Na, Noan, hattest du eine schöne Nacht?«, klopfte mir Werner auf die Schulter und sah mich mit einem Zwinkern an.

»Du kannst dir nicht vorstellen, wie schön.«

Ich verabschiedete mich von meinen drei neuen Freunden, Werner sagte, dass ich in zwei Tagen vorbeikommen solle und hier arbeiten könne, zum Abschied umarmte mich Moni und flüsterte mir ins Ohr, dass es sehr schön mit mir gewesen sei. Dann ging ich hinaus aus dem Club, es war Morgen oder Mittag geworden. Die Sonne stand über der Stadt und ich fühlte mich elendig müde. Wieder hatte die Stadt sich verwandelt, wieder war in mir ein anderer Blickwinkel erwacht: Die Straßen lagen ausgekotzt in der Landschaft, mein gesamter Blick war anderes, das große Ganze egal, doch erblühten nun die kleinen Dinge, an denen ich vielleicht nüchtern ohne von ihrer Existenz zu ahnen, vorbeigegangen wäre. Ein Spinnennetz, das sich seiden um die Knospe einer Blume gesponnen hatte, in dem die Tropfen des Taus glänzten, ein Baum, dessen Faserung der Rinde mir mit hölzernen Augen in die Seele blickte, doch hob ich die Augen Richtung Stadt, überkam mich eine große Angst, eine Verlorenheit, eine Einsamkeit. Am Marktplatz war der Bauernmarkt in vollem Gange. Ich hörte italienische Damen mit den Händlern um den Kilopreis der Maronen feilen, hörte die Bekundungen der Verkäufer wie barbarische Schreie in meinem Ohr. Ich wollte hier fort, fort von den Menschen, zurück in die Nacht, zurück in den Rausch, in diese Parallelwelt, die mir Schutz versprach. Doch hier war das Leben ein anderes, eine Hektik, eine Überforderung und jeder Blick, der auf mir ruhte, machte mich unsicher und gab mir das Gefühl, dass alle wussten, was ich letzte Nacht getan hatte, dass ich ein Überbleibsel der Nacht war, ein Drogenkind, ein Verlorener, der sich dem Tag nicht anpassen konnte. Als ich endlich die Innenstadt hinter mir gelassen hatte und die Serpentinen des Hügels, auf dem mein Zelt stand, erreicht hatte, überkam mich eine große Erleichterung. Zwar war ich müde und schlapp, doch trotz der Anstrengung des Aufstieges genoss ich den Weg, denn ich war allein, war mir selbst Mensch genug. Unter mir lag die Stadt ausgebreitet, wie immer brannte die Sonne, aber ich spürte den Hauch der Welt als Ferne und Freiheit in meinem Blick. Angekommen fiel ich in meinen Schlafsack und träumte von dem wilden, aber einsamen Leben, das vor mir lag. Ich schlief einen ganzen Tag und eine ganze Nacht durch und erwachte an einem Morgen, ohne zu wissen, welcher Tag es war. Dehydriert schleppte ich meinen Körper zum nahegelegenen Brunnen, steckte den Kopf in das eiskalte Wasser, trank hastig aus dem Hahn und spürte wie die Kälte der Flüssigkeit durch meinen ausgetrockneten Rachen floss. Alles war leer, die Zeit nur ein Atemzug meiner Lungen. Ich wollte mich verkriechen, wollte zurück in die Heimat, zu meinen Großeltern, dachte an das Essen meiner Großmutter, dachte an die Vertrautheit ihrer Augen, dachte an den Fluss, an die Stille – doch nichts von alledem war mehr Wirklichkeit in meinem Leben. Ich war alleine in einem fremden Land, verkatert, tief gefallen vom Rausch in die leere Welt hinein, in der Vögel nicht sangen, sondern schrien, in der das Licht der Sonne nicht funkelte, sondern blendete, in der Freiheit auch Einsamkeit und Überleben bedeutete. Alles war schwer, jeder Schritt, jede kleine Anstrengung, ein Akt aus hundert Teilen. Ich stopfte meine Klamotten lieblos in den Rucksack, baute mein Zelt ab, spürte die Schwere auf meinem Rücken lasten und ging hinunter in die Stadt, vorbei an einer Schule, auf dessen Hof die Kinder Fußball spielten und voller Erregung über ein Foul diskutierten. Auf einem bronzenen Schild stand der Spruch Arte della Vivere. Ich ging weiter durch den Wirrwarr der kleinen Gassen, die Autos brausten durch die Straßen. Vespafahrer schlängelten sich gekonnt am Verkehr vorbei, mal hupend über den Gehweg, mal durch die Lücke zwischen zwei parkenden Autos. Als ich dann um eine Ecke bog, sah ich einen Penner mit Hund und einem riesigen Militärrucksack auf dem Boden sitzen.

»Na, irgendwohin unterwegs, oder nur unterwegs?«, sprach er mich von der Seite an. Er hatte ein verbeultes Gesicht, eine Nase, die aussah, als hätte sie schon einige Schläge wegstecken müssen und sein großer Hund, ein braun gestreifter Pitbull-Mischling, bellte mich an.

»Schätze mal: nur unterwegs«, sagte ich etwas lieblos.

»Woher kommschten?«

»Aus Deutschland, Mosel, will Richtung Süden.«

»Weisch denn, wo du dusche kannscht und was zu Fressen bekommscht?«

»Ne, aber ich hab' etwas Geld.«

»Das hebschd dir lieber für die schöne Dinge im Leben uf. Hahaha! Komm mit, hier gibt's eine Obdachlosenunterkunft, da kann man umsonscht dusche und bekommt für einen Euro was Warmes in de Mage. Ich geh da gleich hin, bis jetzt hät es mit dem Betteln sowieso ned so gut geklappt, liegt wohl am Wetter.«

Er deutete auf den grau bewölkten Himmel über uns, dann stand er auf, trank sein Dosenbier leer, schnallte sich den riesigen Rucksack um, nahm seinen Hund und wir gingen Seite an Seite durch die Straßen.

»Ich bin Tommy, und däs hier isch Mr. Bean – cooler Name, oder? Wir sinn schon ein halbes Jahr hier in Boze. Weischt, ich bin viel rumgekomme, seit ich 17 bin. Jetzt bin ich 34 und langsam suche mir einen Platz, wo mir bleibe könne und es uns gefällt, oder Mr.?«

Der Hund sprang ihn freudig an, drehte sich in einem Anflug einfachen Glückes im Kreis um Tommy. Mir gefiel der Mann auf Anhieb, er stellte nicht viele Fragen, er war einfach da, zeigte mir die Stadt, erklärte mir, wo man etwas umsonst abgreifen kann und gab mir Tipps für mein Unterwegssein. Er war kein Gelehrter, doch er war umgeben von einer einfachen Weisheit und einem kindlichen Frohsinn. Er hatte eine ursprüngliche Natürlichkeit an sich und er scherte sich nicht darum, was die Leute von ihm dachten. Er ging durch die Straßen, wie ein Held aus einer anderen Zeit, hungrig und allein und überstrahlte mit seinem ehrlichen Lächeln die Lügen unserer Zeit. Nach einem kurzen Weg erreichten wir die Obdachlosenunterkunft, die nicht weit entfernt vom Bahnhof liegt und vor der es eine kleine Grünfläche mit einem Kastanienbaum gibt und einem Bauzaun, an dem Hunde mit Leinen befestigt waren. Die drei Kristallgipfelschwerter der Dolomiten ragten in der Ferne gen Himmel. Wir traten zu einer Gruppe von Leuten, die alle Dosenbier in der Hand hielten – und da sah ich ihn wieder. Es war Klaus, mit dem ich eine Nacht zuvor in der Bar gesoffen hatte.

»Wo hast du den denn aufgegriffen?«, fragte einer, der etwas abseits der Gruppe stand.

»Na, das ist Noan, mit dem bin ich gestern bei Toni in der Bar gewesen und wir haben ein paar Spice Girls angemacht«, rief Klaus dazwischen, obwohl die Frage an Tommy gestellt war.

»Ahhh, ihr kennt euch also auch schon«, sagte Tommy lächelnd, »dann lasst uns erstmal was trinken!«

Tommy stellte seinen Rucksack ab, öffnete die großen Schnallen und nahm ein Bier heraus. Er warf es mir zu, es sprudelte durch die Luft. Ich wollte gerade ansetzen, da rief er dazwischen: »Stopp, der erste Schluck ghört immer de Tote, den kippt man uf de Bode und gedenkt ihnen so! Du muscht noch viel lernen, Jungschpund!«

Wir taten dies also und die Regenwürmer freuten sich bestimmt. Champagner della Strada sagte Tommy und trank das Bier mit einem Schluck leer. Er stellte mich allen vor. Da war Marek, ein Slowake, gut gebaut und nur ein paar Jahre älter als ich, der die ganze Zeit etwas abseits stand und Schattenboxen übte: Er gab der Luft ein paar kräftige Kinnhaken, trat mit voller Wucht gegen den Stamm der Kastanie, ständig in Kampfstellung, bereit es Widersachern so richtig zu zeigen.

Die Türen der Unterkunft öffneten sich. Ich stellte mich den Betreuern vor, ging mit einer netten Dame, Francesca, in ihr Büro, füllte ein paar Papiere aus.

»Kannst du nicht irgendwohin zurück?«, fragte sie und in ihrem Blick lag ein Ausdruck der Sorge. Sie befürchtete wohl, dass ich unter die Räder kommen könnte.

»Nein, ich kann nirgendwohin zurück.«

Es war nicht mal eine Lüge, denn es gab kein Zurück zur Vergangenheit. Nichts konnte ich ungeschehen machen, es gab nur dieses aufregende JETZT. Sie erklärte mir alles, die Regeln, die Öffnungszeiten und wann es etwas zu essen gab. Nur da ich kein Italiener war, konnte ich dort nicht übernachten und ich wollte es auch nicht. Ich ging erstmal lange duschen, verschwand unter der Brause des Wassers, schloss meine Augen und versuchte meine Gedanken zu befreien. Denn obwohl dieses Abenteuer pure Erregung für mich war und ich endlich erlebte, wovon ich so lange geträumt hatte – ich nannte dies Freiheit –, befiel mich manchmal eine Art von Unwohlsein. Immer wenn mich jemand fragte, woher ich kam, oder mich auf irgendeine Weise an die Menschen erinnerte, die ich zurückgelassen hatte, stieg Reue in mir auf, die sich zwischen meine Schläfen setzte und hämmerte und hämmerte und hämmerte … Später kehrte ich zurück zu Tommy, Klaus und Marek vor das Gebäude.

»Hast du Francesca schon kennengelernt? Sie isch eine ganz Liebe«, sagte Tommy und lächelte über sein ganzes Gesicht.

»Weißt du denn, wo du heute schlafen kannst?«

»Ich werde mein Zelt wohl wieder etwas außerhalb in den Obstplantagen aufschlagen.«

»Nein, mach das nicht! Wenn die Bauern dich erwischen, hat dir die Stunde geschlagen, die machen kurzen Prozess mit Typen wie uns.«

Was meinte er mit Typen wie uns? War ich jetzt einer von ihnen geworden? Nach ein paar gemeinsamen Stunden hatten sie mich in ihre kaputte, wunderbare Familie aufgenommen, sie gaben mir Bier, Tabak und ich musste nicht mal dafür bezahlen. Ich fuhlte mich angekommen. Unter den Ärmsten der Armen, den Ausgestoßenen, den Engeln der Straßen, die wie Diamanten auf dem Asphalt leuchteten, herrschte eine starke Verbundenheit. Heimatlose, die irgendwo sitzen, fast unsichtbar, die da sind und doch nicht da sind, Geister der Armut, eines Lebens das ganz anders war, als alles, was ich bisher erlebt hatte. »Ich hab einen schönen Platz«, sagte Tommy, »komm später einfach mit. Du kannscht da auch schlafe.«

Für Heimatlose ist der Schlafplatz etwas Heiliges: Ein Rückzugsort, den sie beschützen, der ihnen wenigstens für die Nacht Ruhe vor der rastlosen Stadt und dem stressigen Leben bietet.

»Danke, ich komm gerne mit. Aber sagt mal, was treibt ihr denn den ganzen Tag so?«, fragte ich.

»Na ja ... Ich geh zwei Mal am Tag meine Runden durch die Stadt zum Betteln, Klaus verbringt die Vormittage bei seiner Frau, dann ab Mittag fährt er mit seinem Fahrrad zu seiner Geliebten und die Abende verbringen wir meist zusammen, und Marek verschwindet und kommt irgendwann wieder, keiner weiß so genau, was er eigentlich macht.«

»Er selbst wahrscheinlich auch nicht«, warf Klaus lachend ein.

»Wenn wir am Tag genug Geld zusammenbekommen haben, treffen wir uns an einer Stelle am Fluss, machen Feuer, grillen, trinken Bier und genießen das Leben. Komm doch heute Abend mit, wenn du willst. Es wird dir sicherlich gefallen.«

Sie hatten sich etwas einfallen lassen, um an ein paar Münzen und Scheine zu kommen und es war an der Zeit, dass auch ich mir etwas einfallen ließ. Wir schlenderten durch den warmen Abend Richtung Fluss. Eine Vaga-Gang, vier Leute mit Rucksäcken und einem Hund, zerzausten Haaren, Dosenbier, selbstgedrehten Kippen im Mund. So bahnten wir uns den Weg durch die Touristenmassen, gingen mit gehobenem Blick an den Boutiquen vorbei, sahen Designer-Kleidung, leblos aufgehängt in den Schaufenstern, über denen blinkend Leuchtreklamen falsche Götter verkündeten. Uns scherte diese Welt nicht, wir nahmen uns von ihr, was wir brauchten, manchmal nur genug, um zu überleben und manchmal mehr als gesund für uns gewesen wäre. Tommy blieb mehrere Male stehen und bettelte ein paar vorbeikommende Leute an, mal auf italienisch, mal auf deutsch, rief ihnen mal Danke Meister!, mal Grazie, Maestro!, mal Arschloch! hinterher.

»Tommy, wir haben doch schon alles eingekauft für heute«, sagte ich zu ihm. »Was ist mit morgen? Ich brauch zum Aufstehen meine zwei Bier und hab keinen Bock, erstmal eine Runde zu machen.«

»Auf der Straße darfst du dir keine Gelegenheit entgehen lassen ein paar Münzen zu machen, lass dir das gesagt sein, Jungspund!«

»Ich brauch nur die drei K's am Morgen: Kaffee, Kippen und Koks ... HAHAH!«, rief Klaus dazwischen und steckte uns mit seinem schäbigen Lachen an.

Der Fluss, dessen Wasser leuchtend wie ein Saphir in den Bergen entsprang und weit in das feurige Land Italiens hinabtrieb, lag ausgebreitet am späten Frühlingsabend vor uns. Eine weite Wiese säumte die Promenade, der Blick reichte bis zu den Bergen, die wie große Brüder im Norden, Osten und Westen über uns wachten und uns damit sagten, dass unsere Pfade weiter Richtung Süden führen sollten. Wir gingen viele hundert Meter die Promenade entlang, unter einem Blätterhimmel der Bäume, die den Weg an beiden Seiten säumten. Zum Fluss hin standen immer wieder Bänke, auf denen andere Penner saßen – und Tommy kannte alle und alle kannten Tommy, begrüßten ihn mit einem: »Ciao, Tommy, como estai?« Und er entgegnete: »Bene, tutto bene«. Jedes Mal, wenn eine junge Familie unseren Weg kreuzte, vergrößerten sie den Abstand zu uns, ohne uns eines Blickes zu würdigen, aber Tommy lächelte fröhlich die Kinder an und sie lächelten zurück. »Schau dir den Hosenscheißer an, der wird mal ein mächtiger Kerl. Das spüre ich!« Am Ende der Promenade gingen wir den leichten Anstieg der Wiese hinunter zu einem kleinen Weg, der direkt am Fluss entlangführte. Dort spürte ich erst, wie wild dieser Fluss war, wie mächtig seine Strömung über die Felsen glitt, wie ungebändigt das Wasser stetig Richtung Süden floss und die letzten Strahlen des Tages sich kristallklar auf den mit Wassertropfen besetzten Steinen spiegelten.

»Hier ist es, Mann!«, sagte Tommy und ich sah ein altes Holzschild, das mit einem Rundholzpfahl in den Boden gerammt wurde und in das mit einem Messer die Worte Hier ist freies Land geritzt waren.

»Ein freies Land also! Hat das einer von euch geschrieben?«, fragte ich in die Runde.

Klaus, der einzige Einheimische unter uns, erklärte mir: »Hier hat sich vor 30 Jahren mal ein Punker niedergelassen. Er hat sich eine richtige Festung gebaut und hat hier über sieben Jahre lang gelebt. Man konnte ihn immer besuchen und mit ihm am Lagerfeuer sitzen, reden und was trinken. Die Bullen haben das Teil mindestens fünf Mal abgerissen, aber er hat es immer wieder aufgebaut und jedes Mal war es prächtiger als zuvor. Am Ende haben die Mistkerle ihn erschossen, weil er angeblich ein Gewehr auf sie gerichtet hatte, aber ich glaub die Scheiße nicht, ich war in deinem Alter oft bei ihm und nie habe ich ein Gewehr gesehen. Das hätte auch gar nicht zu ihm gepasst, er war wie ein betrunkener, pazifistischer Mönch. Die scheiß Bullen hatten einfach die Schnauze voll, so ist das in dieser verkackten Welt. Die, die Macht haben, nutzen sie aus und wenn ihnen irgendwas nicht passt, knallen sie dich eben ab oder stecken dich in den Knast und wir müssen schauen, wie wir uns irgendwie durchmogeln ohne abgeknallt zu werden – verdammt!«

Die Traurigkeit und Bitterkeit seiner ganzen Jahre auf den Straßen schossen wie Dolche aus seinen Adern. Er hatte während seiner Worte glasige Augen bekommen, nahm einen großen Schluck seines Bieres und versuchte sein Gesicht hinter der Dose zu verstecken. Tommy legte seinen großen, brüderlichen Arm um ihn: »Isch schon okay!«

Wir traten durch eine kleine Öffnung zwischen zwei großen, mächtigen Eichen, deren Äste bis zum Boden hinunterhingen. In der Ecke kochten sich gerade ein paar Leute über einem Feuer Kaffee, auf einem Holzstamm saßen ein paar alte Männer und rauchten einen Joint. Der Platz war eingehüllt von dichtem Laub, das von den Bäumen hinab bis zum Boden hing und bildete einen geschlossenen Kreis, der an das Ufer des Flusses grenzte und keinen Blick von außerhalb zuließ. Eine Lichtung am Wasser. Aus den alten Holzresten hatten sie sich einen kleinen Steg gebaut, der ein paar Meter in den Fluss hineinführte, aus Steinen hatte sie eine Bucht angelegt, um ihr Bier zu kühlen und ihre Wäsche zu waschen. Von Baum zu Baum waren provisorische Leinen gespannt und Klamotten wehten im Wind. In der Ecke stand ein verrotteter Einkaufswagen, in dem Decken, Dosenöffner, Messer und was man sonst noch so gebrauchen kann, lagen. Überall waren Mülltüten befestigt und wenn einer ging, nahm er eine volle Tüte mit und brachte sie leer zurück. Wir luden erstmal unser Gepäck in der Ecke ab.

»Hab keine Angst, hier wird nichts geklaut«, sagte Tommy.

Dann setzten wir uns zu den Leuten ans Feuer und zogen unsere Biere auf.

»Willst du einen Kaffee?«, fragte mich einer der jüngeren, der gerade in traditioneller Weise die Kaffeebohnen im Wasser der Talfer wusch.

»Gerne.«

»Ich bin Modabi von Äthiopien. Für uns ist Kaffee ein zeremonieller Akt.«

Er rieb die Bohnen mit einem bestickten Tuch trocken, kam zurück zu uns und warf die Bohnen in die gewölbte Pfanne, die über dem Feuer stand. Sofort stieg mir dieser magische Duft der gerösteten Bohnen in die Nase, die nach einem herben Sonnenaufgang in der Wüste rochen. Nach wenigen Augenblicken nahm er die gerösteten Bohnen vom Feuer und zermahlte sie zwischen zwei flachen Steinen zu Pulver, währenddessen setzte ein Anderer Wasser in einer seltsamen Kanne auf. Er verteilte an alle am Feuer den frischen Kaffee. Es war der beste meines Lebens, selten hatten die herben Aromen mich so verzaubert. Nach der ersten Tasse wollte ich mich bedanken und aufstehen, doch Modabi sagte: »Was machst du? Wir sind noch nicht fertig! In Äthiopien trinkt man drei Tassen. Die erste ist für den Geschmack, die zweite für die Schwierigkeiten im Leben und die dritte für den Segen und die Wünsche, die wir haben.«

Also trank ich – mit dem Wissen in der Nacht nicht schlafen zu können – noch zwei weitere Tassen. Jede schmeckte köstlich und umgab mich mit den großen Wünschen der Jugend. Die älteren Äthiopier und Marokkaner bereiteten eine Wasserpfeife vor und reichten mir den Schlauch. Ich fragte, was das sei, und sie antworteten, Opium, Hasch … Ich hatte zuvor noch nie Opium geraucht, hatte nur in Büchern von Burroughs davon gelesen und war ganz erregt es auszuprobieren. Tief zog ich den weißen Rauch in meine jungfräulichen Lungen ein, die Pfeife drehte ihre Runden ums Feuer. Wir saßen alle tief in uns versunken, blickten in die lodernde Glut, ohne zu wissen, ob das Feuer Außen- oder Innenwelt war, ob wir das Feuer reflektierten oder das Feuer uns. Es sprach eine Urwelt aus mir, ein Wink hin zu einem Leben, das ich inmitten der Zivilisation lange vergessen hatte. Eine Welt, die lange vor uns da war und die noch lange nach uns existieren wird. Eine Urwelt, die mit den Gesängen der Äthiopier aufflammte: Sie sangen mit ruhiger, monotoner Stimme auf amharisch. Magische, kryptische Worte, die in Wellen durch die Flammen des Feuers zu mir drangen. Die anderen trommelten mit Steinen auf den Holzstämmen herum und wir alle waren wieder als Melodie zum Ursprung des Lebens zurückgekehrt. Hatten uns im Rausch des Opiates zurückentwickelt zu verrückten Affen, die unter der Nacht am Feuer saßen und opiatische Gebete verkündeten. Wie fern war mir die andere Welt der Menschen nun. Die Stadt, die Einkaufspassagen, sie lagen nur einen Katzensprung entfernt, doch hier spürte man nichts davon, nichts hatte mit dieser geschäftigen Welt zu tun, alles trug eine Magie der Urwelt in sich, vor der ich mich so oft versucht hatte zu verschließen. Und ich erkannte die Göttlichkeit darin, die sowohl Tugend als auch Sünde war, eine Göttlichkeit, die beide Welten ineinander einschloss, die vollkommen mit Gut und Böse, Recht und Unrecht kommunizierte. Die nicht urteilte, sondern die die Schöpfung sah, die in jeder Blume, in jedem Stein sowohl die Schönheit als auch die Vergänglichkeit erkannte und die in ihrem Ganzen jedes Leben aufnahm. Wir konnten mit ihr nur kommunizieren, wenn wir uns unserem inneren Affen hingaben, unserer Abstammung, unserer Triebe, und uns nicht verschlossen, sondern ihn an die Hand nahmen, ihn wie einen lang vergessenen Freund willkommen hießen. Wir sangen ein paar Stunden und alles war von einem merkwürdig hübschen Schleier umhüllt, der sich über die angebrochene Nacht legte, der die Sterne glitzern ließ, der das Wasser in vollkommener Reinheit stetig Richtung Süden trieb, der die Funken des Feuers hoch in das tiefschwarze Stück zwischen Sternenkleid und Horizont schleuderte und eine Funkenbrücke zwischen Welt und Himmel zeichnete. Tommy, Klaus und der ruhige Marek hatten kein Opium geraucht. Als Modabi und die Anderen ihre Sachen zusammengepackt hatten und verschwanden, blieben wir vier.

»Die Nacht sieht gut aus, es wird nicht regnen, lasst uns hier schlafen.«

Alle stimmten dem Vorschlag zu, wir breiteten unsere Schlafsäcke am Feuer aus, nur Marek verabschiedete sich und verschwand in der Dunkelheit. Klaus, Tommy, Mr. Bean und ich schauten uns durch die Flammen an und ich versank in den wunderbaren Schlaf des Opiates, der mich wie eine Mutter in die Arme nahm, mich an der Hand durch meine eigene Traumwelt führte und mich sanft in den Schlaf küsste. Halt dich fest, mein Freund, die Nächte hier sind wild und schön …

Die nächsten Tage verbrachte ich fast ausschließlich mit Tommy und Klaus, ab und zu ließ sich auch Marek blicken. Am Morgen duschten wir gemeinsam in der Unterkunft, schlugen uns die Bäuche voll und am Abend schlenderten wir durch die Straßen Richtung Talfer, verbrachten wunderbare Abende am Lagerfeuer mit Joints und Bier und unterhielten uns über die Welt und die Dinge, von denen wir nichts wussten. Mein Geld war mir schon vor ein paar Tagen ausgegangen und ich hatte nicht vor bei den Ärmsten der Armen auf Pump zu leben, obwohl sie mir alles gegeben hätten. Irgendwie musste ich an Geld kommen, ohne jemanden umzubringen oder zu bestehlen. Kurz dachte ich an das Angebot von Werner, doch aus irgendeinem Grund entschied ich mich dagegen. Und verdammt: Es war mein Glück! Einige Zeit später wehte die Stadtzeitung von Bozen an mir vorbei und auf der Titelseite ein Bild der Halle 28 und irgendwas mit Razzia! Auf seinen Bettelrunden hatte ich Tommy zwei Mal begleitet, doch das war auch nichts für mich. Nachdem ich mir ein Jackett bei einer Kleiderkammer für Obdachlose besorgt hatte und eine reizende Dame mir einen Schlips dazu gab, klapperte ich alle Geschäfte und Restaurants der Stadt ab, doch alles war ohne Erfolg. Die ganze Reise über hatte ich Gedichte in mein Notizheft geschrieben. Sie waren nicht besonders gut, aber ich war jung, schrieb wild und hatte keine Ahnung von den Stilmitteln der Lyrik – und sie interessierten mich auch nicht! An einem sonnigen Morgen standen wir vor der Obdachlosenunterkunft und tranken.

»Du, Tommy«, fragte ich, »kannst du mir vielleicht 30 Euro leihen? Ich würde gern meine Gedichte im Internetcafé abtippen, ausdrucken und sie auf der Straße verkaufen.«

Tommy kramte in seiner Hose nach den Scheinen und gab sie mir ohne zu zögern und wissen zu wollen, wann er das Geld zurückbekäme. Ich machte mich auf den Weg zum nahegelegenen Internetcafé, tippte dort wie wild meine 40 Gedichte ab, ging in ein Schreibwarengeschäft, besorgte mir zwei große braune Bögen Pappe. Den Kleber steckte ich in die Tasche, um Produktionskosten zu sparen. Ich ließ meine Gedichte in einem Copy-Shop ausdrucken und ging zurück zur Unterkunft. Dort fragte ich nach Lineal und Schere, setzte mich an einen Tisch und klebte ein Buch nach dem anderen zusammen. Die ersten zerfielen sofort wieder, aber nach ein paar Versuchen hatte ich den Dreh raus. Kurz bevor um 15 Uhr die Unterkunft ihre Türen schloss, hatte ich die ersten 15 Exemplare meines Buches fertig. Der Titel, den ich mit Stempeln auf die Pappe des Covers druckte, lautete Dichterreise. Ein Exemplar schenkte ich Tommy.

»Du bist ja ein fleißiger kleiner Scheißer.«

»Irgendwie muss man doch durchkommen. Was denkst du, wo soll ich mich denn am besten hinsetzen?«

»Geh zum Waltherplatz, ist nicht weit von hier. Die Straße gerade aus. Da ist meistens was los. Besorg dir noch ein Schild, damit die Leute wissen, was du da verkaufst.«

Sofort machte ich mich auf den Weg, kramte tief in einer Mülltonne, fand ein Stück Karton und schrieb mit schwarzem Edding Deutsche Lyrik drauf. An einem sonnigen Platz an einer Hauswand direkt neben dem Eingang einer Nobel-Boutique, in deren Schaufenster Designerstücke glänzten, setzte ich mich auf den Boden. Gegenüber befanden sich die Außenterrassen zweier Restaurants und die Leute saßen gemütlich bei Espresso und Salat auf dem weiten Platz, in dessen Mitte ein Denkmal an Walther von der Vogelweide erinnerte.

Die erste Stunde war scheußlich! Die Leute schauten mich mit einer Mischung aus Verwirrung und Abscheu an und ich blickte hoch zum Glockenturm, hinter dem die Sonne verschwunden war, nur um ein paar Minuten später wieder zu erscheinen. Nach den anfänglichen Schwierigkeiten fing es an zu laufen, sehr gut zu laufen. Ich hatte bewusst keinen Preis auf das Schild geschrieben. Jedes Mal sagte ich, sie sollen mir geben, was sie wollen und dies war im Nachhinein die beste Wahl, die ich hätte treffen können. Nach drei Stunden hatte ich alle Bücher verkauft und ich unterhielt mich lange mit den interessierten Käufern, von denen die meisten weiblich waren. Ich erzählte ihnen, was ich hier so machte und dann eben Smalltalk über Südtirol, wie schön es hier ist. Ich hatte nun 170 Euro in der Tasche. Abzüglich meiner Produktionskosten war das ein Stundenlohn von 30 Euro: Nicht schlecht für einen ungelernten Nichtsnutz und Gammler! Zufrieden ging ich zurück zur Unterkunft, vor der Tommy, Klaus und Marek in einem Kreis standen. Ich gab Tommy seine 30 Tacken zurück und wir gingen gemeinsam in den Supermarkt an der Ecke. Wir besorgten ein paar schöne Stücke Bergkäse, etwas Brot, eine Flasche Scotch, eine Flasche Wein, Tabak und das beste Hundefutter für Mr. Bean. Dann machten wir uns auf den Weg zum Fluss, wir tranken, rauchten und lachten in der heiteren Unbeschwertheit des Tages. Ich ahnte noch nicht, wieviel Einfluss der heutige Tag auf mein Leben haben würde, ich hatte nicht mit dem Gedanken gespielt Schriftsteller zu werden, ich hatte einfach so zum Spaß geschrieben, um meine Reise irgendwie festzuhalten und weil ich mir keine Kamera leisten konnte – Gott sei Dank war ich so ein armer Gammler!

Die nächsten Wochen trieben so dahin, ich ging jeden Tag zum Waltherplatz und verkaufte meine Bücher, mal funktionierte es besser, besonders an den Wochenenden, mal schlechter, aber nie ging ich mit weniger als 80 Euro zurück zur Unterkunft.

Ich war schon zwei Monate unterwegs. Obwohl es mir sehr gut gefiel, und Tommy, Klaus, ja sogar der wortlose Marek mir gute Freunde geworden waren, spürte ich, wie es mich wieder auf die Straße zog, vor allem, wenn Klaus und Tommy von ihren Reisen erzählten. An jedem Tag legte ich mir etwas Geld von meinen Buchverkäufen zurück. Zuvor hatte ich die Kohle fast immer am Abend auf den Kopf gehauen: Entweder waren wir durch die Bars gezogen oder waren fein essen in Restaurants – das Leben war ein Fest und sollte auch eines bleiben. Was kümmerte mich die Zukunft? Nichts als Illusionen, die der Geist sich ausmalt, nichts als Wünsche, die sich nie erfüllen werden. Die Wirklichkeit lag nur im Augenblick, in der Feierlichkeit der Dinge: Wenn ich mir heute nichts gönne, tut es ein Anderer, wenn ich heute nicht glücklich bin, werde ich es nie werden … Auf das Leben und den Hedonismus!

An einem grauen Tag saß ich wieder am Waltherplatz. Da kam eine schöne Frau auf einem Fahrrad vorbeigeschossen, drehte um, schaute sich meine Bücher an und fragte, ob ich Lust auf ein Interview hätte, sie arbeite für ein Kulturmagazin, FRANZmag. Ich willigte ein und nachdem das Interview, in dem ich völlig bekifft über den Sinn des Lebens schwadronierte, veröffentlicht wurde, kam ein Kamerateam und drehte einen Bericht fürs Fernsehen über mich und plötzlich erkannten mich viele auf der Straße wieder, was mir ganz und gar nicht gefiel. Doch meine Bücher verkauften sich wie von alleine und ich kam nicht mehr mit dem Produzieren nach. Sechs Tage später hatte ich mehr

Geld als ich eigentlich brauchte. Noch ein letztes Mal besorgte ich Gras, Bier, Wein und Essen für eine Feier mit Tommy, Klaus und Marek unten am Fluss, bevor ich mich wieder auf die Straße machte.

»Bleib doch noch ein bisschen«, sagte Tommy etwas traurig.

»Jetzt lass den Jungen doch, der muss noch was erleben, der ist immer noch getrieben. Seine Säfte pulsieren, so wie das bei uns auch mal war«, sagte Klaus.

Der Abend sprach vom Abschied. Ich gelobte irgendwann zurückzukommen, obwohl wir alle wussten, dass ich es nicht schaffen würde. Ich steckte ihnen noch etwas Geld zu und wir tranken noch einmal in der feuerfunkelnden Nacht unter den Sternen am Fluss und schliefen zusammengewürfelt ums Feuer ein. Am Morgen verabschiedeten wir uns mit einer tiefen Umarmung. Tommy schenkte mir einen selbstgemachten Tabakbeutel und ein Bild von ihm und Mr. Bean, das ich sicher im Rucksack verstaute. Klaus besorgte mir ein paar vernünftige Wanderschuhe: »Mit deinen kannst du doch nicht mehr laufen. Verbrenn sie am besten, bei den ganzen Löchern!«

Marek brachte mir einen Schlag bei: »Hierch, muust do hiinschlaggen, daan feellt der Typ so schneell umm und schnaaappt nach Luufft.«

Das war das erste Mal, dass ich Marek hatte sprechen hören. Wir waren alle verbunden im Sternen-Codex der Landstreicher, fremde Vagabunden, Gestrandete, die zu Freunden wurden, obdachlose Heilige, und ich weiß nicht, ob sie es geschafft haben, ob ich es schaffen kann, ob sie vor dem Tod noch ein paar Jahre fliehen konnten, wenn überhaupt jemand vor dem Tod fliehen kann. Doch ich weiß, ich hatte nie heiligere, schönere und herzlichere Menschen als diese von Armut gezeichneten Engel getroffen, die nachts in den heimatlosen Straßen Europas brennen und zwischen Mülltonnen und Bergen ihre Einsamkeit mit Bier und Joints am Feuer besingen. Und so war ich wieder unterwegs.

Teil III

Leben

Die Straßen Richtung Süden lagen vor mir ausgebreitet, ich spürte, wie die Bewegung zurück in mein Leben kam. Die einzige Heiligkeit, die der Reisende hat, ist die Bewegung, egal wie wundervoll ein Ort oder die Menschen dort sind. Irgendwann muss man weiter und wenn man zu früh geht, hat man das Gefühl etwas verpasst zu haben, und wenn man zu spät geht, ist von der Schönheit nichts mehr da und alles vergeht im Rauch der Monotonie. Man muss den richtigen Moment erwischen, aber woher will man wissen, wann dieser richtige Moment ist? Für mich ist es ein stiller Ruf, der aus dem Inneren kommt, und verschließe ich mich vor ihm, werde ich nie die Magie des Unterwegsseins erleben. In jeder Bewegung liegt etwas Göttliches, eine Öffnung der Seele, als wäre sie aus einem tiefen Schlaf erwacht. Wenn dann am Morgen die Sonne über den Straßen aufgeht, ich aus meinem Zelt krieche, das Licht die Welt in ein funkelndes Paradies verwandelt und mich nichts vom Leben trennt, ich allein mit dem Asphalt, dann spüre ich, dass jeder Schritt, den ich gehe, mich näher zu mir selbst führt. Ich hielt an einer Autobahnauffahrt in Bozen Süd den Daumen raus und nach kurzer Zeit hielt ein alter weißhaariger Mann mit seiner schäbigen Rostlaube an. Er kurbelte die Fenster herunter, aus den Boxen drang klassische Musik: eine Sinfonie von Mozart oder Bach vielleicht. Er fuhr nach Venedig und ich sprang ins Auto, warf meinen Rucksack auf den Rücksitz, und wir fuhren los. Da ich mir keinen Plan gemacht hatte, war es ganz egal, wohin wir fuhren, Hauptsache Bewegung und kein Stillstand.

»Ich bin Alberto«, sagte er und hatte seinen Blick starr auf die Straße gerichtet und umschloss mit seinen alten faltigen, geschichtsträchtigen Händen fest das Lenkrad.

»Darf ich hier rauchen?«

»Klar, kurble nur die Fenster runter.«

Die Berge verschwanden langsam im Rückspiegel. Die Obstplantagen blühten zu beiden Seiten der Straße und wir drangen weiter Richtung Süd-Ost vor, zum Adriatischen Meer. Als ich ihn fragte, was er in Venedig mache, überkam eine

Betrübtheit sein Gesicht und für Sekunden herrschte eine unwirkliche Stille im Auto, das Rattern der Karosserie hörte auf, die Motorengeräusche verstummten weit in der Ferne, alles war still.

»Ich besuche meine Frau im Krankenhaus, sie hat Krebs im Endstadium.«

Plötzlich wurde es auch in mir ganz still. Wir schwiegen eine ganze Weile. Was hätte ich auch zu sagen gehabt außer dummer Phrasen? Ich glaube, es sind manchmal genau die Worte, die nicht gesagt werden, die einem Trost spenden. Wenn alles um einen schweigt und man selbst nichts zu sagen hat, sollte man einfach den Mund halten!

Wir fuhren eine kleine Landstraße entlang, das Ackerland war zerbissen von der Sonne des Südens, die Umrisse der weit entfernten Berge lagen links von uns und wir lernten vom Mittelstreifen der Straße, der unter der Motorhaube verschwand, Vergänglichkeit und lauschten den Klängen der Klassik, die in verträumten Wellen zu uns drangen. Oft wenn ich mir Sinfonien anhöre, habe ich das Gefühl, als spräche etwas aus mir, als verstehe mich die Musik ganz und gar, ohne zu fragen wer ich bin. Nach der Hälfte des Weges legten wir eine Pause ein. Alberto wollte ein paar Kürbisse an einem Gemüsestand direkt an der Landstraße kaufen. Wir stiegen aus, ließen die Türen knallend in die Karosserie schlagen und schauten uns um.

»Sieh dir an, wie prächtig die sind, als hätte Gott selbst sie besamt«, flüsterte er mir ins Ohr. Es waren riesige Kürbisse, doppelt so groß wie mein Kopf. Alberto feilschte mit dem Händler um den Preis.

»Die sind mindestens 20 wert!«

»Ach, komm, diese kleinen Dinger, die haben doch überall Druckstellen, ich geb dir 10.«

»In der Region findest du keine besseren. 18.«

»Ein paar Meter weiter gibt es auch ganz Gute, hat uns eben jemand gesagt, stimmt's?«, zwinkerte er mir zu, »ich geb dir 13.«

»Du machst mich arm! Was sollen denn meine Kinder essen? 16!«

»Na, Kürbisse, du hast doch genug. 15!«

»Ja, komm, pack ein und verschwinde.«

Wir mussten den riesigen Kürbis zu zweit in den Kofferraum hieven, das Teil wog locker 40 Kilo und das Auto wurde sofort tiefer gelegt. Mit etwas Schwierigkeiten sprang die Karre an und wir fuhren weiter. Nach Stunden, in denen wir unter dem glühenden Dach des alten Wagens geschmort hatten, erreichten wir die Ponte della liberta und ich erblickte zum ersten Mal die Schönheit Venedigs.

»Wer sich hier nicht verliebt, besitzt keine Romantik«, sagte Alberto. Wir überquerten die Brücke und ich sah das alte Gemäuer der Stadt näherkommen. An einem Vorplatz parkten wir.

»Komm, ich lade dich auf einen Espresso ein, ich habe noch ein paar Minuten bis die Besuchszeit im Krankenhaus beginnt.«

Nicht nur wegen des Espressos willigte ich ein. Wir setzten uns in ein kleines Café nahe des Giardini Papadopoli. Alberto bestellte zwei Espressi und fing an zu erzählen:

»Gott, Junge, dieses Leben ist so verdammt kurz und wir merken es nicht mal! Erst wenn uns keine Zeit mehr bleibt, fangen wir an, darüber nachzudenken. In deinem Alter habe ich gedacht, die Welt liegt offen vor mir, ich habe so viel Zeit und kann sie mit Nichtigkeiten vergeuden. Ich dachte, es spiele keine Rolle, aber alles spielt immer eine Rolle, in jedem Augenblick. Verstehst du, was ich dir damit sagen will?«

»Ich glaube schon ...«

»Weißt du, ich habe diese Frau geliebt, 46 Jahre. Ich habe mehr Zeit mit ihr verbracht als alleine im Leben, und ich würde keine Sekunde davon eintauschen. Weißt du, was das heißt? Es heißt vollkommene Hingabe, es heißt sich in all seiner Verletzlichkeit zu offenbaren. Und jetzt liegt sie in diesem scheußlichen Krankenhaus und wartet auf den Tod, und Gott, sie ist immer noch so schön wie am ersten Tag. Ich war damals ein schüchterner Junge, 19 Jahre alt und sie war mit ihren 17 Jahren das Wunderbarste, was ich je gesehen hatte. Wir lebten in der gleichen Straße in Lyon und jeden Tag nach der Schule ging sie an unserem Haus vorbei. Wochenlang hatte ich am Fenster gestanden, immer um zwei Uhr, und habe sie beobachtet, wie sie voller Magie und mit diesen fast schwerelosen Schritten an unserem weiß gestrichenen Zaun vorbeiging. Und schon damals am Fenster wusste ich, dass ich sie und nur sie mein Leben lang lieben würde. Du kannst dir nicht vorstellen, was das bedeutet.

Irgendwann tat ich dann so, als hätte ich im Garten zu tun und rupfte jeden Tag genau um zwei Uhr Unkraut, mähte drei Tage hintereinander den Rasen. Ich bin mir sicher, sie hat das alles gewusst und gemerkt, aber sie schaute kein einziges Mal zu mir.

Und nach Monaten der Annäherung schrieb ich kleine Zettel mit Versen von Baudelaire, denn ich hatte gesehen, wie sie an einem Tag einen Gedichtband von ihm unterm Arm gehalten hatte. Ich warf die kleinen Zettel auf den Gehweg vors Haus und es dauerte Tage, bis sie einen der Zettel aufhob, die Verse las und das erste Mal zu mir hinüberblickte und lächelte. Dieses Lächeln habe ich nie wieder vergessen können.«

Du hast deinen blick vom morgen- und abendstrahle ·
Du schüttelst düfte wie eine gewitternacht ·
Dein kuss ist ein filter und dein mund eine schale
Die helden zu feiglingen · kinder zu rittern macht.

Alberto wischte sich die Tränen an seinem weißen Hemdkragen ab und wir beide sagten eine ganze Weile nichts und blickten in die Ferne.

»Ich will dir damit nur sagen, wenn du jemanden findest, den du liebst, halte ihn fest, Liebe ist nicht das, was man sagt, Liebe ist das, was man tut. Es ist die einzige Sache, die von Bedeutung ist. Vergiss das nicht, Junge.«

»Ich werde daran denken, wenn ich jemanden finde.«

Alberto und ich verabschiedeten uns mit einer Umarmung. Ich blieb still, denn ich hätte nichts sagen können, was seinen Zustand geändert hätte, jedes Wort lag schal auf meiner Zunge. Dann verschwand ich in dem Getümmel der kleinen Gassen und Kanäle und ließ mich von meiner Traurigkeit durch die Straßen tragen. Ich empfand die Tragik sterbender Frauen, einsamer Männer und nie erlebter Liebe in der flimmernden Luft über mir.

Nach Stunden, in denen ich ziellos umhergeirrt war, sah ich ein paar Penner, die sich an den Docks betranken. Ich besorgte Wein und gesellte mich zu ihnen, wir tranken, rauchten und lachten, während unsere Faulheit wie fahler Dunst über der Stadt lag.

Einer von ihnen, der gerade seine Hände über einem Feuer wärmte, sprach mich an und stellte sich vor. Sein Name war Alessio. Wir waren die einzigen Jungen unter ihnen, der Rest war eine alte, bärtige Horde von Trinkern, die zu jedem Schluck etwas zu erzählen hatten, mal waren es Landstreichergeschichten, mal stimmten sie ein Lied über Frauen an, die mit ihren kurzen Kleidern den Männern den Kopf verdrehten. Der Wein war schnell leer, Alessio und ich verabschiedeten uns von den Anderen und schlenderten mit unseren Rucksäcken durch das nächtliche Venedig mit seinen Straßenlaternen, deren Licht sich auf der seichten Oberfläche der Kanäle spiegelte.

Alessio ist ein Künstler, der Tag für Tag mit Kreide Kunstwerke von einer immensen Dimension auf den Boden der Stadt zeichnete. Wir gingen an einem seiner Kunstwerke vorbei und es schien fast so, als könnte man die Blätter, die von seinem gezeichneten Baum fielen, fangen, als könnte man den Herbst spüren, den er in dieser Zeichnung festgehalten hat.

»Weißt du, ich wollte mit diesem Bild etwas aufhalten, was nicht aufzuhalten ist: die Vergänglichkeit.«

»Das ist wirklich schön! Ich finde, du hast es geschafft, wenn auch nur für einen Bruchteil der Betrachtung. Das ist doch der Grund, warum es Kunst gibt:

Um Augenblicke festzuhalten, die sich eigentlich nicht festhalten lassen und an uns vorüberziehen würden, ohne dass wir es bemerkt hätten, und um Unsterblichkeit zu erschaffen.«

»Yeah, du hast es verstanden. Das ist der Grund, warum ich hier auf der Straße lebe. Ich bin nicht Not leidend, ich hab mir das selbst ausgesucht. Zuhause warten ein großes Anwesen und liebevolle Eltern auf mich, aber ich will dieses Leben für einige Zeit führen, um zu sehen, wo es mich hinbringt. Die Zeit ist zu kostbar, um sie nur an einem Ort zu verbringen.«

Wir hatten sofort eine Verbindung zueinander, waren Brüder im Geiste, junge Kunstschaffende, die sich auf den Weg gemacht haben, um ein einfaches Leben zu führen, ihrer Kunst einen Ausdruck zu verleihen und ihren Weg zu finden, bevor der Sensenmann an der Tür klingelt.

Schlendernd gingen wir durch die Straßen, besorgten uns was zu trinken, saßen auf einer Bank an einem der Kanäle und sprachen über Kunst und Freiheit und das Leben unterwegs. Alessio zündete einen Joint an, der Rauch stieg hoch in den Himmel und verschwand über den roten Schieferdächern.

Dann kamen zwei junge Frauen auf uns zu.

»Dürfen wir mitrauchen?«

»Aber sicher doch«, sagte Alessio und wir rückten zu viert auf der Bank zusammen. Er hatte sofort den Arm um eine der Beiden gelegt. Sie erzählten uns, dass sie Wienerinnen seien und eine Interrailreise durch Europa machten.

Wir reichten den Joint durch die Runde wie ein gutes Gespräch. Dann flüsterte Alessio der Einen etwas ins Ohr und sie verschwanden in dem Getümmel der abendlichen Gassen und ich blieb mit der Anderen auf der Bank sitzen – sie heißt Viola und hat unschuldige Augen.

»Wo ist denn dein Hostel? Also wir sind in dem Youth Hostel untergebracht, es ist ganz schön dort, man hat einen tollen Blick auf die Kanäle.«

»Na ja, ich hab kein Hostel, ich bin mit Zelt unterwegs und schlaf meist etwas außerhalb der Stadt in einem Wald oder einem Olivenhain.«

»Oh! Cool, hast du da keine Angst, so alleine?«

»Wovor soll man denn bitte Angst haben? Dort, wo keine Menschen sind, herrscht auch keine Angst.«

»Mhh, okay, ja irgendwie hast du Recht.«

Wir waren nah aneinander gerutscht, unsere Gesichter spiegelten sich im Wasser, ich spürte ihre langen Locken meine Schulter streifen. Meine Blicke glitten über ihre nackten Beine, bis hoch zu ihrem Sommerkleid, ich fühlte eine Erregung in mir aufsteigen und bevor ich überhaupt nachdenken konnte, berührten sich unsere Lippen unter den venezianischen Lichtern der Stadt. Es waren sanfte Küsse. Wir saßen einfach da, sie legte ihren Kopf auf meine Schulter und ich hatte das Gefühl, als würden wir uns schon lange kennen.

Die Welt der Verliebtheit ist eine flüchtige Blume. Ein Zauber legt sich über die Dinge und Orte, die vorher noch ohne Bedeutung, ohne Schönheit waren, blühen in den Blicken der Liebenden auf. Doch als sie mich fragte, ob ich mit ihr in ihr Hostelzimmer kommen wolle, um weiter zu reden, uns nackt kennenzulernen, zu ficken und uns vielleicht zu verlieben und um so zu tun, als würde uns das alles irgendetwas bedeuten, als wäre es mehr als ein Versuch, der Einsamkeit des Unterwegsseins zu entkommen, dem Gefühl des Verlorenseins in einem anderen Land, lehnte ich ab. Alessio und die Andere kamen wieder, er hatte es ihr irgendwo an einer Straßenecke besorgt und seine Augen besaßen einen Ausdruck, den man nur kurz nach dem Sex hat, eine Zufriedenheit und stille Verletzlichkeit spiegelten sich darin. Wir verabschiedeten uns von den beiden, nahmen unsere Rucksäcke und machten uns auf den Weg, um einen Schlafplatz zu finden.

»Die Kleine hat's echt drauf, Junge! Und wie war es bei dir?«

»Sehr schön.«

»Wie?! Sehr schön? Hast du es ihr besorgt?«

»Nein, wir haben uns innig geküsst – mehr nicht.«

»Was ist denn bei dir verkehrt? Junge, Junge, Junge!«

»Sie wollte mich mit in ihr Hostelzimmer nehmen, aber ich wollte nicht.«

»Au Backe!«, sagte er und schlug beide Hände über dem Gesicht zusammen.

»Du darfst doch nichts anbrennen lassen! Jetzt sind wir noch jung und sehen ganz gut aus, aber unsere Anziehungskraft verringert sich von Tag zu Tag und irgendwann sehnst du dich nach einer kurzen schnellen Nummer, aber bekommst sie nicht mehr.«

»Nichts ‚Au Backe', es ist eben nicht jeder so und denkt nur an Sex als schönstes Ereignis. Denkst du nicht, dass diese sexuelle Energie zwischen mir und ihr, die unbefriedigt blieb, den Moment hat aufleben lassen? Nach dem Sex wäre sie doch einfach so in der Luft verpufft. Wir werden uns wohl nie wiedersehen, doch dieser Augenblick mit ihr auf der Bank, diese Flüchtigkeit des ersten Kusses, der Moment, als unsere Lippen sich berührten, bleibt für immer lebendig. Also dein One-Night-Stand gegen meinen ewigen Augenblick. Ich glaube, du hast verloren.«

»Ist ja schon gut, du alter Romantiker«, sagte er und legte seinen Arm um mich.

»Ich habe eine Idee: Lass uns heute Nacht auf der Brücke schlafen, ich habe bei meiner Ankunft ein kleines Wiesenstück gesehen, auf dem man bestimmt das Zelt aufschlagen kann.«

»Alter, das ist keine gute Idee, das ist die Ponte della Liberta, ein politisches Wahrzeichen von Venedig – die Bullen werden uns köpfen.«

»Ach, quatsch nicht! Die bekommen das doch gar nicht mit. Komm schon, lass es uns einfach tun.«

Und als mich Alessio überredet hatte und wir den Platz suchten, sah ich mitten auf der Brücke den Vorsprung mit hohem Gras. Ein Denkmal, eine riesige Kanone stand dort und die majestätischen Löwen, die Wächter der Stadt, beobachteten uns, während wir uns mit unseren schweren Rucksäcken durch den Verkehr schlängelten, über eine Mauer sprangen, über die Gleise schlichen und aus der Ferne die leuchtenden Gebäude der Stadt in der Nacht verschwimmen sahen. Ein wunderbarer Ort! Der Platz reichte genau für ein Zelt, der Wind blies uns um die Ohren und die Scheinwerfer der Autos und Züge blitzten hektisch wie Wetterleuchten in der Finsternis des Himmels auf. Alessio baute einen Gute-Nacht-Joint, wie er ihn nannte.

»Es ist wirklich hübsch hier«, sagte er und ich nickte ihm schweigend zu.

Wir lebten auf der Straße wie Könige, wir konnten unsere Blicke weit über die blaue Lagune Richtung offenes Meer schweifen lassen, sahen die kleinen Fischerboote auf den Wellen wie flüchtige Melodien tanzen. In der Ferne die Stadt der Liebe mit ihren Lichtern und ihren prächtigen Fassaden. Alles leuchtete und war von einem Zauber umgeben, den nur ein Wanderer versteht – in jedem Augenblick auch die Vergänglichkeit erkennend. Jemand, der sich nie an Besitztümern festhält, sondern sie freiwillig gehen und ihrer Bestimmung folgen lässt. Der sich nie wünscht, dass sie der Ewigkeit angehören, sondern ihr wahres Wesen erblickt, das oft in Ungewissheit ruht. Sie als Atemzug des Lebens festhält. Auch wenn am Morgen nichts mehr von diesem Wunder zu erkennen ist, lebt es dennoch tief in der Seele des Wanderers, der mit jedem Innehalten die Welt neu erschaffen kann. Die Außenwelt zur Innenwelt machen und die Innenwelt in die Außenwelt spiegeln. Das ist die Kunst der Betrachtung, das Einatmen, das Aufsaugen jeder Schönheit, jedes Blattes, jedes Meeres, jedes Steins, jeder Bewegung. Wir tragen die Welt in uns, alles was wir gesehen, gefühlt, gerochen, geschmeckt und berührt haben, lebt in uns weiter und so trägt der Reisende eine ganze Welt in sich, ist selbst Ferne, ist Heimat, ist der Geschmack der Liebe auf fremden Lippen, ist Berg, ist Tal, ist Wald, bleibt ewig, bleibt vollkommen, will nicht besitzen, will seine Seele nicht an Orte binden, sondern ist selbst Ort geworden und trägt viele Welten durch die Landschaft spazieren.

Alessio und ich blieben fast schlaflos in der Nacht und als am Morgen die Sonne erwachte, als wäre sie gerade geboren worden, um mit dem schimmernden Horizont zu verschmelzen, da wusste ich für ein paar Sekunden, wer ich war. Kein Wünschen, kein Wollen, kein Analysieren, nur das ewige Jetzt, die ewige Zeit in der Kürze eines Menschenlebens. Und lange bevor die Sonne wirklich aufgegangen war, zog über dem dunklen Himmel im Osten das morgendliche Licht auf und über der Lagune fingen die Möwen an zu singen. Wir packten unsere Sachen zusammen und gingen zurück Richtung Stadt. Ich lud Alessio zum Frühstücken ein. Wir saßen auf den Stühlen einer Außenterrasse vor einem kleinen Café, bestellten Kaffee und eine Panne mit Mozzarella. Die Straßen waren schon gut besucht und tausende Touristen mit Kameras fotografierten jede Kleinigkeit.

»Schau mal, die Leute machen alle die gleichen Fotos und lernen die Stadt doch nicht wirklich kennen. Zuhause in ihren Wohnungen und Häusern hängen sie die Fotos dann auf und in jeder Familie siehst du dann dein Foto von der Kathedrale oder dem Markusplatz. Dann kannst du direkt in einem Urlaubs-Katalog blättern und dir die Fotos kopieren ... Wenn du wissen willst wie eine Stadt funktioniert und die geheimen schönen Ecken finden willst, wohin sich keine Touristen verirren, dann musst du zu den Pennern gehen. Die kennen die Stadt manchmal sogar besser als die Einheimischen, weil sie jeden Tag draußen verbringen. Lass dir das gesagt sein!«

Er schaute mich mit seinen traurig bekifften Augen an, die wie kleine Monde über den Rand der Kaffeetasse blitzten.

»Ich mach heute los, Richtung Süden. Venedig ist toll, aber ist mir zu voll hier. Willst du nicht mitkommen?«, fragte ich.

»Eigentlich gerne, ich glaube, wir hätten großen Spaß zusammen, aber ich muss noch ein bisschen hierbleiben. Ich habe einen Galeristen kennengelernt, der mir eine Ausstellung besorgen kann, und ich will schauen, ob er mir nur an die Wäsche will oder ob da wirklich was geht.«

»Ja, das verstehe ich, aber lass uns irgendwie in Kontakt bleiben.«

Ich bezahlte und Alessio begleitete mich wieder zur Brücke, wo wir uns mit einer intensiven Umarmung verabschiedeten. Er schenkte mir noch ein paar Gramm Gras und ein Aquarell, auf dem eine geöffnete Hand zu sehen war und aus der ein großer mächtiger Baum wuchs, die er noch schnell auf meinem Rücken signierte.

»Machs gut und mal schön weiter«, sagte ich, drehte mich um und ging über die Brücke, vorbei an dem Platz, an dem wir die Nacht verbracht hatten, hinaus aus der Stadt.

Rote Sonne im Juni, auf den Straßen schossen die Autos vorbei, Gestank der Auspuffgase, doch ein angenehmer Wind, der ständig vom Meer her wehte, blies sie fort. Ich wollte nicht sofort wieder trampen, sondern erst einmal einen Tag die Adriaküste hinunterwandern.

Ich ließ Venedig hinter mir, durchquerte den Hafen mit seinen riesigen Containern, die von hier in die ganze Welt verschifft werden und bog auf eine kleine Landstraße ab, sprang über eine Leitplanke und fand mich auf einem weiten Feld wieder. Links von mir lag das adriatische Meer, rechts eine Landschaft, die sich in der Ferne in seidige Hügel verwandelte und an deren Hänge Oliven, Trauben und Äpfel gediehen.

Mit dem Rücken an den Stamm einer alten Esche gelehnt, saß ich im Schutz der Äste, schrieb ein paar Notizen in mein Heft, legte den Kopf auf meinen Rucksack und schlief ein. Ich sah Alessio vor meinem inneren Auge, während ich langsam einnickte, sah, wie er zusammengekauert auf einer Bank lag, die Kreide vor ihm verteilt, auf dem Boden ein Tetrapack Wein, seelenruhig schlief und glücklich war in seinen Entbehrungen, die er in Kauf nahm, um sein Leben so zu führen, wie er es wollte. Nach einem kurzen unruhigen Schlaf spürte ich einen Stoß in meinen Rippen.

»Aufstehen!«

Ich öffnete die Augen. Ein älterer Herr mit Stock stand vor mir: »Aufstehen!«, rief er erneut.

»Ist ja gut, ich hab nur ein kleines Nickerchen gemacht.«

»Aber nicht hier, das ist Privatbesitz.«

»Stört doch niemanden.«

»Doch, mich! Und jetzt verschwinde!« Sein Gesicht war ernst und zeigte kein Verständnis.

»Mein Gott, ist ja okay.«

Ich packte meine Sachen zusammen und ging.

»Beeil dich, so Leute wie dich wollen wir hier nicht haben!«

»Na, vielleicht solltest du dir mal deinen riesigen Stock aus deinem Arsch ziehen.«

»WAS? Jetzt verpiss dich und zwar schnell!«, schrie er mir nach. Ich ging ganz entspannt zurück zur Landstraße und setzte meinen Weg fort.

Ein paar Stunden später, in denen ich in der Hitze gewandert war, sah ich einen ansehnlichen Sandstrand zu meiner Linken. Ich kletterte die Felsen hinunter, sprang ein großes Stück und landete im Sand. Niemand war dort. Es war eine große Bucht, auf den Felsen im Wasser saßen hunderte Kormorane und stürzten in die Tiefe wie Sternschnuppen. Sofort zog ich mich nackt aus, verteilte meine Klamotten über den ganzen Strand und lief in die aufgewühlte See, kämpfte mit den Wellen, die an die Bucht schlugen, legte mich auf den Rücken und schaute zum Himmel. Es war Nachmittag und ich entschied mich, die Nacht hier zu verbringen, sammelte etwas Holz zusammen, um später am Abend ein Feuer anzuzünden, kletterte in den Felsen und sah wie die Wellen schaumgekrönt den Sand in die Weite der See transportierten.

Das einzige, was das Meer uns gibt, sind harte Schläge, und ich fühlte mich stets mehr in den Bergen zuhause als am Meer. Die meisten Strände waren von Menschen überlaufen, doch hier war angenehmerweise niemand. Ich war froh darum, alleine mit den Kormoranen und der See zu sein, drehte mir dicke Joints von dem Gras, das Alessio mir geschenkt hatte, legte mich nackt in den Sand und lauschte dem mediterranen Sound.

Korallenrot flüsterte der Horizont und die Sterne lächelten milde, nach und nach fing der Meereshimmel an zu leuchten, wie ein Lichtschimmer, der durch eine sich langsam öffnende Tür dringt und den Raum mit einzelnen Strahlen durchkriecht. Das Lagerfeuer schlug glänzende Funken in die halbdunkle Luft.

Ich saß lange über meine Notizen gebeugt und schrieb seitenlange Gedichte: Über meine Reise, über die Kormorane und über Alessio, Tommy, Klaus und all meine bisherigen Bekanntschaften. Ich merkte, wie meine Gedichte besser wurden, wie ihnen mein Erleben Ausdruck verlieh. Zuvor hatte ich versucht wie einer der Großen zu klingen, wie Ginsberg oder Whitman, aber langsam entwickelte ich meinen eigenen Stil, die Gedichte bildeten ihren eigenen Rhythmus aus. Mir bereitete Schreiben solange Freude, wie ich versucht hatte, wie einer meiner Vorbilder zu klingen und ich mich mit ihrem Leiden beschäftigte. In Gedanken ihr Leben lebend. Doch als diese Phase endete, blieb mir nichts anderes übrig, als mich mit meinen eigenen Leiden zu beschäftigen und dann wurde es erstmal hart! Erst dann wird das Schreiben Selbsttherapie und Reflektion des eigenen Geistes, denn auf einmal sind die eigenen Gedichte nicht nur noch Verse aus dem Leben eines anderen, sondern es sind eigene Gefühlswelten, Zustände der Seele in Momenten, in denen sie am verletzlichsten ist. Ich hatte nie gelernt, wie man wirklich schreibt, war auf keiner der Schreibschulen gewesen. Meine Philosophie lag darin, über das zu schreiben, was ich erlebt hatte, eine Authentizität darin zu spüren. Natürlich hätte ich gern Gedichte über die Seefahrt geschrieben, wie London, oder über das Paris der 20er-Jahre, aber wie könnte ich glaubhaft darüber schreiben, wenn ich es selbst nie erlebt hatte?

Es gibt etwas, was vielen Gedichten und Büchern heutzutage fehlt: Es ist der persönliche Inhalt. So oft überwiegt der Stil über den Inhalt und es gibt nur wenige, die beides auf eine glaubhafte Weise zusammenbringen. Mir kommen da Namen wie Benedikt Wells und Max Czollek in den Sinn. Doch heutzutage hat sich das Bild der Schriftsteller verändert; wenig romantisch, sondern hart arbeitend und ohne große Anerkennung, stets am Existenzminimum. Wer heute noch vom Schreiben leben kann, ist entweder ein Genie oder ein Schwindler. So glaube ich manchmal, dass die zeitgenössische Lyrik verloren ist. Ein Kreis elitärer Akademiker, die glauben, dass niemand mehr Gedichte liest und aus diesem Grund schreiben sie nur Gedichte für andere Lyriker oder für einige wenige Lyrikkritiker. So befindet sich die Kunst der Dichtung in einem Teufelskreis, Lyriker schreiben für Lyriker und Leser wenden sich ab, weil sie nicht verstehen, was dort geschrieben wird. Wo sind die großen, romantischen, kaputten Bukowskis und Hölderlins unserer Zeit? Für mich bedeutet schreiben, dort zu sein, wo es schmerzt und jegliche Etikette und jegliche elitären Grundgedanken abzulegen und darüber zu schreiben, worüber schweigen unmöglich ist und doch niemand spricht – über die Abgründe und Ängste der eigenen Seele.

Am Morgen erwachte ich am Meer, die Möwen kreischten über dem Wasser, die Wellen schlugen rauschend an den Sandstrand. Zur Erfrischung sprang ich nochmal ins Wasser, zog mich an, packte meine Sachen zusammen, kletterte die Felsen hoch und war zurück auf der Landstraße. Nur wenige Autos fuhren an diesem Tag vorbei, aber ich wollte trotzdem mein Glück versuchen und trampen. Es war scheußlich gutes Wetter, die Sonne brannte vom Himmel wie eine Feuerblume und auf der Straße wirbelte der Staub umher. Irgendwann, als ich schon aufgeben wollte, hielt ein VW-Bus an. Keiner der schönen alten, mit Blumen und Surfbrettern auf dem Dach, sondern ein verrosteter, klappriger Haufen Schrott. Ich lief mit meinem Rucksack dem Wagen hinterher, zog die Schiebetür auf und sprang rein. Ich war noch nicht mal ganz drin und hatte die Schiebetür geschlossen, da brausten wir schon los, mit quietschenden Reifen und der Ferne im Blick. Die zwei Typen, die vorne nebeneinandersaßen, waren wunderbar: Sie fuhren in Schlangenlinien über die engen Straßen, rauchten Bong und lachten. Der Fahrer heißt Eduardo, hat wilde Augen, schwarze lange Locken und ein Lachen, das mich mitriss, neben ihm saß Luca, ein schöner Jüngling mit goldenen Haaren und Augen wie aus einem Saphir gemeißelt. The Black Keys dröhnten laut aus den Boxen und ich verstand nur die Hälfte von dem, was sie sagten.

»Na, wo willste hin?«, schrien sie nach hinten.

»Ganz egal. Einfach nach Süden.«

»Hast du denn auch ein paar Scheine.«

»Ja, wie viel wollt ihr?«

»Ach, lass stecken.«

Ich glaube, sie wollten nur testen, ob ich ein ehrlicher Zeitgenosse bin.

»Wir fahren nach Volterra, wir haben da heute einen Gig bei Freunden, die eine Hausparty schmeißen. Wenn du nichts vorhast, komm doch mit!«, sagte Luca.

»Was soll ich schon vorhaben?«

Eduardo reichte mir die Bong nach hinten, ich zog und zog, während das Blubbern des Wassers meine stille Einsamkeit übertönte und der Rauch wie Nebelschwaden vor den dreckigen Fenstern schwebte.

Drei Stunden einer vollkommen verrückten Fahrt später: In der wir fast einen Unfall gebaut hätten, weil Eduardo mit einer Hand die Bong hielt und mit der anderen das Lenkrad. Wir einen langen LKW überholten und schon beim Ausscheren das entgegenkommende Auto sahen und Eduardo trotzdem den alten VW-Bus bis zum Anschlag hochdrehte und gerade so wieder auf die Spur einscherte, Sekunden bevor das andere Auto hupend an uns vorbeifuhr und er mit lachendem Gesicht sagte: »Da haben wir aber nochmal Schwein gehabt!«, aber genauso wahnsinnig weiterfuhr und wir uns immer mit einer Hand am Dach abstützten und hofften durch jede kleine Lücke zu passen. Wir erreichten wohlauf den Bergrücken, auf dem Volterra, die alte etruskische Schönheit, über dem kargen, zerfurchten, seidigen Land thronte, im rhythmischen Schaukeln, das der Berg uns vorschrieb, bis wir über die weite sonnendurchglühte Ebene der Toskana blickten. Die alte Karre kämpfte sich mit letzter Kraft den steilen Anstieg hinauf, ich sah das Alabaster-Tor näherkommen, sah zu Eduardo und Luca, die mich anlächelten und sagten: »Wir sind da, jetzt geht die Party erst richtig los.«

Wir parkten das Auto, die beiden nahmen ihre Instrumente aus dem Kofferraum und ich folgte ihnen durch die engen Gassen im Himmel der Welt, verzaubert, verträumt, schwebend in einem Schleier aus Marihuanaromantik.

Volterra ist eine Kleinstadt in der Toskana, mit einer Geschichte, die weit zurück in eine andere Zeit reicht. Nicht weit von hier liegt San Gimignano, dessen Geschlechtertürme für Dante in seiner Divina Commedia das Tor zu Hölle symbolisierte.

Die Straßen waren voll ländlicher Schönheit, Einheimische tranken Wein und Espresso vor den Bars, die Marmorfassaden glänzten im Licht der untergehenden Sonne, und weit in der Ferne konnte man das Meer sehen, davor Hügellandschaften mit grünen Strichen, die wie Wellen über die Hügel führten und der kargen, von der Sonne zerbissenen Landschaft einen Hauch von grünem Leben gaben.

Wir schlenderten so durch die engen Straßen, ich blickte zu den hölzernen Fensterläden, die weit geöffnet an den bröckeligen Fassaden hingen.

»Ich komm immer gerne nach Volterra. Hier ist mein geheimes Paradies, ich fühl' mich hier wie ein König«, sagte Eduardo.

»Jaja, wir wissen, du fühlst dich doch überall wie ein König, wo es schöne Frauen und was zu Rauchen gibt«, sagte Luca und rempelte ihn freundschaftlich an.

»Ich verstehe, das alles hier hat etwas Königliches an sich und erinnert an ein Leben, das schon lange Zeit vergangen ist«, sagte ich.

Wir blieben vor einem kleinen Haus stehen, von drinnen hörte man Gelächter durch die offenen Fenster dringen und Eduardo rief nach oben, als würde er zu Gott selbst sprechen.

»Hey, ihr faulen Schweine, tanzt da oben in eurem kleinen Häuschen und sauft uns den ganzen Wein weg.«

Aus dem Fenster beugte sich ein junger Mann, der so betrunken war, dass er fast hinausfiel, sich aber gerade noch so halten konnte und uns zurief: »Ciao, meine Freunde, schön, dass ihr endlich da seid.«

Er stand oben am Fenster, mit geöffneten Armen wie ein betrunkener Papst. Wir verneigten uns vor der versoffenen Heiligkeit und traten ein.

Das Haus war klein, mit einer steilen Treppe, und überall standen, saßen, lagen, küssten, kifften und lachten die Leute in der heiteren Unbeschwertheit ihrer jungen Leben. Eduardo und Luca stellten mich allen vor: »Den haben wir auf der Straße gefunden, ein junger Dichter«, und dann irgendwas auf Italienisch. Sie sagten mir, dass ich duschen gehen könne, aber eine Tür für das Badezimmer gab es nicht, ebenso wenig wie im Rest des Hauses. Ich duschte und ab und zu kam jemand rein, setzte sich auf das Klo, während ich unter der Dusche stand. Dann unterhielten wir uns kurz, normaler Small-Talk, wie man ihn eben auf einer Toilette führt, während das Plätschern des Urins und des Duschwassers unsere Unterhaltung untermalten.

Angezogen trat ich zurück in die feiernde Meute, Luca reichte mir sofort ein Bier und sagte: »So, jetzt bist du wieder frisch. Du musst gleich in den Keller kommen, wir fangen an zu spielen. Es wird ein Fest!«

In dem Haus waren um die 50 Leute und man musste sich aneinander vorbeidrängen, um vorwärts zu kommen. Alle wollten nun in den Keller und ich folgte dem Menschenstrom durch die engen Gänge des Hauses. Wir standen alle zusammengequetscht, Haut an Haut, Brüste an Schultern, Schenkel an Schenkel in dem kleinen Keller, als Eduardo, Luca und die anderen Bandmitglieder anfingen zu spielen. Die ersten Töne dröhnten bereits durch den Raum und ließen das Publikum sich bewegen. Eine merkwürdige Musik durchflutete die stickige Luft, eine Art Jazz mit Elektroeinflüssen. Eduardo blies in sein Saxophon, als würde er seine Sorgen, all sein Leid, den Weltschmerz hinausschreien. Im Hintergrund untermalten elektronische Beats sein Solo und da wusste ich, da wussten wir alle, dass Eduardo ES gefunden hat. Er fing an zu spielen und alle hingen an jedem einzelnen Ton, der weit weit in den Himmel stieg, der zurückkehrte und uns zum Absturz in die junge Nacht mitnahm. Er hatte ES gefunden, als Magie des Augenblickes, es war nicht mehr er, der dort spielte, sondern die Musik selbst, das Klangsystem des Universums, das sich im Saxophon wiederfand. Alle fühlten ES, konnten es jedoch nicht beschreiben, sie fühlten, wie der Klang ihnen in die voll gedröhnte Seele floss. Eduardo stand selbstsicher auf der Bühne, ließ sein Saxophon zwischen seinen Beinen baumeln, als wäre es eine Verlängerung für seinen Schwanz, er kniete vor einer Frau und blies ihr die Töne tief in den Rachen hinein. Ich erkannte seine göttliche Wildheit in den Bewegungen der Meute wieder. Wir tanzten hier und jetzt, drinnen geborgen in den lauen Lüften unter dem nächtlichen Himmel der Welt, unendlich dahinzutreiben, unendlich frei in der heiteren Erkenntnis der Nacht.

Nach dem Konzert führte ich ein gutes Gespräch mit einer Studentin über die Politik Europas, über die Doppelmoral der meisten Politiker und darüber, wie wir mit den Flüchtlingen umgehen. Wir waren uns einig, dass unsere Willkommenskultur eigentlich keine Willkommenskultur ist, weil wir den Menschen nicht die Chance geben, sich wirklich zu integrieren, sondern sie in Lager pferchen, als wären sie Gefangene eines kapitalistischen Systems. Wir saßen in der Küche und ein junger Mann, der uns angeregt zugehört hatte, warf den Satz: »Es geht nicht darum, den Menschen in den Entwicklungsländern mehr zu geben, es geht darum, ihnen weniger wegzunehmen« ein, und ich wusste, dass in seiner Aussage viel Wahrheit steckte. Dann trat Eduardo in die Küche, er hatte eine Flasche Wein in der Hand. »Darf ich dich mal entführen?«, sagte er zu mir.

Ich folgte ihm durch die Menge und kletterte eine Leiter hoch auf den Dachboden. Wir öffneten das Dachfenster und schwangen uns hinaus auf die roten Dachziegel, bis zum höchsten Punkt des Daches. Die weite hügelige, toskanische Landschaft, die Olivenhaine und Weinfelder lagen weit ausgebreitet vor uns und überall leuchteten einzelne Lichter der kleinen Dörfer und Städte auf. Eduardo öffnete den Wein, drehte einen Joint und wir saßen ein paar Minuten ganz in Stille, spürten wie das Haus unter uns vibrierte.

»Nach einem Auftritt suche ich mir immer ein stilles Plätzchen, wenigstens für ein paar Minuten, damit die ganze Nacht nicht mit einem Wimpernschlag vergeht.«

»Ja, das verstehe ich! Sonst erwachst du am Morgen und fragst dich, wo die Nacht nur geblieben ist. Du hast wirklich wunderbar gespielt. Die Wildheit, die du auf der Bühne zeigst, ist inspirierend. Ich glaube, wir alle haben gefühlt, dass du dafür geboren bist.«

»Danke! Ich habe irgendwann entschieden, dass ich nur noch die Dinge machen möchte, die mir auch Freude bereiten. Ich habe mich lange damit abgequält, einem Weg zu folgen, der mir von meinen Eltern und Lehrern auferlegt wurde, aber ich wurde immer unglücklicher damit. Jetzt geht es mir prächtig: Ich hab zwar nicht viel Geld, doch für einen Wein hat es noch immer gereicht. Ich tue das, was mir Freude bereitet. Und wenn ich auf etwas verzichten muss, weil ich es mir nicht leisten kann, dann tue ich das gerne, weil ich genau weiß, wofür ich verzichte! Wenn ich auf der Bühne stehe, fühle ich mich einfach vollkommen, nichts ist mehr wichtig. Ich lasse mich in die Musik hineinfallen und meistens fängt sie mich mit offenen Armen auf.«

»Das sehe ich genauso. Ich spüre bei dir, dass du das Richtige tust. Du kannst Leute nur von deiner Kunst überzeugen, wenn du deinem Lebensweg folgst, dich nicht davon abbringen lässt, ganz egal, wie schwer es manchmal ist.«

»Darauf trinken wir! Auf die Kunst, die uns das letzte Hemd raubt und uns doch glücklich macht.«

Wir tranken in unserer Unwissenheit über die Zukunft und unserer Leben im nächtlichen Himmel der Toskana, unter den Sternen der Nacht – wie zwei verlorene und glückliche Könige, die ihr Königreich in sich selbst gefunden hatten. Eine ganze Weile saßen wir auf dem Dach, unterhielten uns betrunken und bekifft über den Sinn unserer Leben, als Luca von unten rief:

»Hey Jungs, wir wollen die MDMA-Bowle jetzt trinken, kommt ihr?«

»Ja, wir kommen!«, rief Eduardo zurück.

»Was ist denn MDMA-Bowle?«, fragte ich.

»Ganz normale Bowle, nur eben mit MDMA versetzt. Davon werden wir alle ganz wild werden!«, zwinkerte er mir zu.

Inzwischen legte ein DJ auf und wir nahmen alle ein Glas von der Bowle. Tanzten in der namenlosen Nacht. Lippenzunder. Gebete aus Berührungen. Rauschprediger. Mondlichtsonaten. Wussten nichts und wussten alles. Küsse und Kiff. Hüftentango. Zungenwunder. Hedonismus und Bermudadreiecknächte. Finale Stunden. Morgenlichtamnesie. Lächeln! Lieben! Schlaf! Wir alle lagen in einem wilden Durcheinander auf dem Boden, 30, vielleicht auch 40 Leute, übereinander, nebeneinander, ineinander. Wie die daoistische Lehre besagt: Wenn du dich nicht jeden einzelnen Augenblick den Freuden des Lebens hingibst, dann bist du verloren und wenn du an Morgen oder Gestern denkst, dann bist du auch verloren, und wenn du dir Sorgen um dein Leben machst, um Geld und Sicherheit und um all die Illusionen, die uns von einem freien Leben trennen, dann bist du für immer verloren.

Was eine verrückte Nacht! Hätte nur ein Auto früher angehalten und mich irgendein langweiliger Büroangestellter mitgenommen, mir erzählt, wie schön Italien und die Welt sei und dass er früher selbst viel getrampt sei, bla bla bla, so hätte ich diese wahnsinnige Party verpasst, so hätte ich Eduardo und Luca, diese heiligen barbarischen Könige, nie kennengelernt. Am Morgen frühstückten wir mit Kater-Sonnenbrillen, Kopfschmerzen und ohne ein Wort zu sagen. Wir verabschiedeten uns und ich nahm verkatert einen Fernbus nach Rom, denn ich hatte einem alten Freund versprochen, ihn zu besuchen, wenn ich mal in Italien bin.

Wir fuhren über enge Landstraßen, die Serpentinen hinauf und wieder hinunter durch die seidige Hügellandschaft. Zu beiden Seiten säumten verwachsene

Hänge die Fenster, still ruhende Dörfer, die mir fremd waren, doch deren Anblick mich sogleich verzauberte. Über meinen Freund in Rom könnte ich Hunderte von Seiten schreiben: Sein Name ist Karsten Sturm, ein alter Schriftsteller, der in Rom und Hannover zuhause ist. Wir führten schon seit Jahren eine Brieffreundschaft. Er war für mich stets wie ein Lehrer und er hatte jedes Recht zu lehren, 63 Jahre alt, kiffte, trank und all seine Worte waren von einer zauberhaften, einfach verständlichen Weisheit umhüllt. Ich hörte ihm immer gerne zu, wenn er über seine Reisen nach Indien sprach oder wir uns gegenseitig Gedichte vorlasen. Früher war er eine große Nummer in der Literaturszene gewesen, hatte zwei große Gedichtbände geschrieben, doch heute scherte er sich nicht mehr um den Erfolg, sondern genoss seinen Lebensabend in vollen Zügen.

Der Bus fuhr in Rom ein, der ewigen Stadt, dem alten Machtzentrum der Welt. Nichts war mehr davon zu spüren: Cäsar war tot, die Stadt dreckig, heruntergekommen die Häuserfassaden und die kaputten Straßen ließen den Bus hüpfend über den Asphalt springen. Ich stieg aus dem Bus und sah ihn schon winkend an der Haltestelle stehen. Kein Stück gealtert, in seinem langen Trenchcoat, seinem weißen Panamahut und der Kippe zwischen seinen alten Lippen.

»Dann hast du dich nun doch endlich auf den Weg gemacht, ist ja eine halbe Ewigkeit her!«, sagte er und wir umarmten uns innig.

»Schön, dich zu sehen! Ich sehe dir dein Alter immer noch nicht an.«

»Man sagt doch: Alkohol konserviert.«

Karsten und mich verbindet eine Freundschaft, die man als Gleichnis unserer Leben verstehen könnte.

Wir fanden zusammen, weil wir zusammenfinden mussten. Denn jeder von uns verkörperte das, was dem anderen fehlte. Vielleicht war ich der Sohn, den er nie hatte, und er die Art Vater, nach der ich mich solange gesehnt habe.

Rom zeigte sich glühend unter der Julisonne. Wir nahmen die Metro zu seiner Bude, er wohnte in den Borgaten, einem der schlechten Viertel, das im Osten der Stadt lag.

»Du kannst natürlich bei mir pennen! Ich muss gleich noch zu meiner Dame, aber heute Abend machen wir richtig einen drauf.«

Wir gingen in einen kleinen Hauseingang, über uns wehte die frisch gewaschene Wäsche auf Leinen aufgehängt und verlieh der schäbigen Gasse eine Romantik, wie ich sie zuvor nur aus Filmen kannte. Karsten schloss die alte Holztür seiner Bude auf.

»Es ist nicht gerade die Villa Massimo, aber mir reicht es.«

Es war eine richtige Bruchbude: Überall lagen leere Flaschen verteilt, die Aschenbecher quollen über und auf den Staffeleien standen halb fertige Leinwände herum. Auf dem Schreibtisch Gedichte zwischen Romanseiten, in der Schreibmaschine war ein Gedicht mit dem Titel »King Notes« eingespannt.

»Wirf deinen Rucksack einfach in die Ecke. Im Kühlschrank ist Bier, bring mir direkt eins mit.«

Er setzte sich in seinen Ledersessel und fragte mich nach meiner Reise. Wir öffneten die Biere und ich erzählte ihm, was ich unterwegs erlebt hatte und wie meine Reise auf so radikale Weise begann. Es tat gut, ein vertrautes Gesicht um mich zu haben, und Karsten hörte wie immer aufmerksam zu. Wir redeten fast zwei Stunden über meinen Aufbruch, über mein Gefühl, die Heimat und Menschen zurückgelassen zu haben und darüber, wie mein Geist hin und her gerissen ist zwischen vermissen und verfluchen. Auf einmal sprang er auf:

»Ach, Gott, schon so spät, ich muss jetzt los! Hier hast du den Schlüssel, ich bin in ein paar Stunden wieder da und dann zeig ich dir das nächtliche Rom. Mach es dir in der Zeit gemütlich oder geh raus, wie du willst!«

Als er hektisch aus der Tür trat, legte ich mich aufs Sofa und schlief sofort mit dem ruhigen Gefühl, für eine gewisse Zeit irgendwo angekommen zu sein, ein ...

»Komm schon, Junge, schlafen kannst du, wenn du alt bist«, hörte ich es in meine Traumwelt dröhnen. Karsten stand leicht betrunken in der Tür, ich hatte durchgeschlafen. Ich stand auf, sprang schnell unter die Dusche, während ich das Rattern der Schreibmaschine bis ins Bad hörte, dann zog ich mich an und wir traten hinaus, die Autos und Mofas fetzten die Hügel hinauf und hinunter.

»Wir treffen uns später zum Essen, meine Freundin hat ihre Nichte aus Deutschland zu Besuch. Die solltest du kennenlernen. Aber erstmal gehen wir in die Bar gegenüber«, sagte er und zeigte mit dem Finger auf ein Lokal mit einer großen Glasfassade, vor dem ein paar Stühle standen und auf denen sich ein paar heruntergekommene Typen niedergelassen hatten.

»In Rom gibt es nicht viele Bars. Die Italiener treffen sich meist in Restaurants und trinken nicht viel ohne zu essen. Dieser Laden ist super, weil viele Autoren hier ein und aus gehen. Nur ein paar Häuser weiter hatte früher Goethe sein Zimmer, als er für ein paar Wochen in der Stadt war.«

Wir setzten uns vor das Lokal an einen alten Holztisch, Karsten bestellte uns eine Flasche Chianti und wir stießen an. Wir tranken die Flasche zügig leer, schlenderten betrunken durch die Straßen und Karsten hatte zu jedem Haus etwas zu erzählen: Wer dort gelebt hatte und wie schön es hier in der guten alten Hippiezeit war. Nach einigen hundert Metern Fußweg erreichten wir das Restaurant, vor dem Daniela, Karstens Freundin, und ihre Nichte saßen und auf uns warteten. Daniela war eine reife Frau, die genau wusste, wie man sich anzuziehen und zu geben hatte. Sie war nur ein paar Jahre jünger als Karsten und beide zusammen machten einen glücklichen und trotz des Alters verliebten Eindruck, der mir sehr gefiel. Ihre Nichte Stina war ein wunderschönes hochgewachsenes Mädchen, ihr Gesicht war noch vom samtenen Glühen der Jugend umgeben, als läge der Schein der Geburt noch über ihr und beschütze sie, doch ihr Körper war der einer Frau. In ihren Augen lag sehr viel Zerbrechlichkeit. Ein Wort, eine falsche Bewegung und alles würde im Inneren zerspringen. Ich wusste, als wir uns das erste Mal tief und still in die Augen sahen, dass uns etwas verbindet, ein geheimes Band. Als hätten wir uns schon einmal gesehen, vielleicht sogar geliebt. Es ist diese Ahnung, dass die äußere Fremde nicht mit dem inneren Gefühl übereinstimmt; es ist kaum erklärlich, wie solch eine Begegnung das ganze Leben auf den Kopf stellt, wie sich der Geist an etwas erinnert, dass der Verstand kaum zu erklären weiß; eine ewige Zeit in uns, aus Geburt und Tod und Wiedergeburt. Ahnungslos irren wir von Zustand zu Zustand in der endlosen Zeitschleife der Welt. Stina gehörte zu jenen jungen Frauen, über die Dichter Gedichte schreiben, oder Lieder, oder deren vollkommene Schönheit Maler in einem Gemälde festzuhalten versuchen. Eine Frau, in die ich mich Hals über Kopf verlieben könnte, ohne überhaupt ihren Namen zu wissen, im Vorübergehen auf der Straße oder flüchtig in einem Lokal, eine Frau, die ich vielleicht in der Straßenbahn sehe und denke, Musik zu hören. Sie ist eine, die mir vermutlich tief durch die Augen in die Seele blickt und der ich ganz und gar verfallen kann, und zwar in einen Zustand der Zeitlosigkeit, in dem das Leben nur aus Liebe besteht und die Welt ihre Traurigkeit ablegt. Vielleicht tut sie das nur für einen Tag, vielleicht für eine Woche und vielleicht schmückt sie sich mit dem zauberhaften Gesang der Verliebtheit, der mich nie wieder loslassen wird und mich noch Jahre später an diesen einen Augenblick denken lässt, der so flüchtig und eigentlich in seiner Bedeutung unwichtig erscheint und trotzdem ein ganzes Leben in sich trägt.

Sie trug ein weißes Sommerkleid, ihre wilden Haare wehten im Meereswind und einzelne Strähnen fielen ihr über die Schulter, und sie hatte Augen, die meinen Atem stocken und mein Herz flehen ließen. Selbst im grauen Romhimmel sah ich, dass sie blauer als blau waren, wie der Ozean, blau, jenseits von blau, ein Blau, in dem ich ewig schwimmen könnte, ohne je ein Morgenrot und Sonnengelb zu vermissen. Dieses Blau, diese Augen, die mich anblickten, mich wahrnahmen in meiner ganzen Verletzlichkeit. Von jenem Moment an verstand ich, worüber die Dichter so viele Jahre geschrieben hatten. Es war eine Liebe, die mir nie gehören würde. Ich war so schnell verfallen, dass niemand das Klirren meines Fallens gehört hatte, es war eine sichere Stille und alles lag in Scherben. Wir nahmen bei den beiden Platz und mein betrunkenes Herz schlug wild.

»Mehr Wein«, schrie Karsten dem Kellner zu, der uns gerade eine große Pfanne Pasta servierte. Karsten und Daniela unterhielten sich auf Italienisch, und ich, schüchtern wie nie zuvor, stotterte Stina an: »Und ... w.w.woher, kom.m.st du so..o..o?«

Sie erzählte mir, sie studiere Philosophie in Bonn und sei für eine Woche hier in Rom. Dann unterhielten wir uns wild und ausschweifend über Nietzsche, das Über-Ich, seine Instrumentalisierung durch die Nationalsozialisten und über seine verrückte Schwester. Tauchten ab in Gedanken zu Sokrates und dem alten Griechenland, diskutierten über Hesse und Flaubert. Ganz in die Tiefe ihrer Worte versunken ließen wir die Pasta auf unseren Tellern kalt werden. Dieses Gespräch brauchte Wein und Ruhe.

»Na, ihr versteht euch gut«, sagte Karsten, und wir beide schauten verlegen auf unser Essen, während unsere Wangen von einem Anflug roten Schimmers umgeben waren.

»Wie lange willst du denn in Rom bleiben?«, fragte mich Daniela.

»Ich weiß noch nicht, ein paar Tage vielleicht.«

»Gut, dann schlaft ihr doch zusammen in Karstens Wohnung und er kommt in der Zeit zu mir, dann könnt ihr euch gemeinsam die Stadt anschauen und seid ungebundener. Was haltet ihr davon?«

Wir beide nickten still und ich freute mich, diese Frau besser kennenlernen zu können. Nach dem Essen verabschiedeten sich Daniela und Karsten, gaben uns die Schlüssel und verschwanden um die nächste Ecke. Stina und ich blieben noch vor dem Restaurant sitzen, tranken einen Wein, während die Sonne langsam unterging und ihr abendliches Rot über die römischen Straßen legte.

»Daniela hat mir erzählt, dass du schreibst. Was schreibst du denn so?«

»Hauptsächlich Gedichte, aber nur so zum Spaß ...«

»Ich lese sehr gern Gedichte, meist von Celan und Goethe, ich mag Lyrik, sie ist Ausdruck von Gefühl und Augenblick für mich. Schau mal«, sagte sie, während sie mir ihren linken Knöchel auf meinen Oberschenkel legte, auf dem in verblasster Tinte die Worte »Kleiner Gesang« tätowiert waren. Dann fing sie an zu zitieren:

»Dich sah ich und die milde Freude,
Floss vom dem süßen Blick auf mich;
Ganz war mein Herz an deiner Seite
und jeder Atemzug, für dich!«

»Das ist aus Willkommen und Abschied, meinem liebsten Gedicht von Goethe. Vielleicht liest du mir ja auch mal was von dir vor?«

»Ja, vielleicht …«

Wir schauten uns lange und tief in die Augen ohne ein Wort zu sagen, während sich unsere Beine kurz und schüchtern unter dem Tisch berührten und dann zurückwichen.

»Sollen wir einen Spaziergang machen? Es ist noch so schönes Wetter, und ich mag Rom im Sonnenuntergang.«

Ich bezahlte und wir schlenderten zusammen durch die Gassen, sie ein Stück vor mir. Es war ein Bild aus einer anderen Welt: Ihre wilden Haare wehten im Wind, der von der See herkam, und jedes Mal, wenn sie sich lächelnd zu mir umdrehte, um zu prüfen, ob ich noch da war, schlug mein Herz wild. Ich war ihr verfallen! Ihre Schönheit, ihr ganzes Wesen, jedes Wort hatte eine große Anziehung auf mich und ich folgte ihr verliebt durch die Straßen. Wir machten eine Pause in einem Park, in der Mitte stand ein Springbrunnen, der kleine Fontänen gen Himmel schoss, unter den Pinien standen alte Holzbänke, die im Kreis um den Brunnen gerichtet waren, und durch das Blütendach eines Kirschbaumes, der seine Äste schützend über die Bank legte auf der wir saßen, konnten wir einzelne Fragmente roten Lichtes im Himmelskleid erkennen. Unsere Beine berührten sich ein weiteres Mal.

»Ach, ich liebe Rom, ich spüre hier den Hauch einer anderen Zeit. Schließ mal deine Augen und versuch den Straßenlärm auszublenden und dann atme ein … Riechst du, wie die Zeit rückwärts läuft?«

Wir schlossen die Augen und für einen kurzen Augenblick verlor ich jegliches Gefühl für Zeit und Raum. Hörte nur das Plätschern des Wassers, sah den Brunnen und Stinas Ebenbild vor meinem inneren Auge, in einer anderen Welt, die in ihrer Romantik nur den Liebenden sichtbar ist. Meine Augen öffneten sich wie von alleine, sahen, dass sie mit geschlossenen Lidern genießend in ihrem Geist durch eine andere Welt wandelte. Meine Blicke streiften ihre sanften Lippen und ohne dass ich darüber nachdachte, erlag ich dem Zwang sie zu küssen. Unsere Lippen berührten sich, sie erschrak kurz, doch sie erwiderte meinen Kuss. Ein neuer Himmel war entstanden! Sie legte ihre Beine über meinen Schoß und wir knutschten ohne Unterbrechung. In jedem Zusammenkommen unserer Lippen lag ein Wünschen, ein Verlangen – und mit jedem Kuss dachte ich sie besser kennenzulernen. Als wir beide die Augen öffneten und ihre Pupillen klein wie Stecknadeln wurden, erschrak ich, denn ich wusste, ich vergäße diesen Augenblick der Liebe nie wieder und könnte sicherlich keinen schöneren erleben. Ich dachte daran, dass wir uns irgendwann trennen müssten und ich hatte große Angst vor der Leere, die dann in mir zurückbliebe. Doch unsere Zeit war jetzt und die Zukunft ist und bleibt ein ungewisses Rätsel.

»Sollen wir in die Wohnung gehen?«, flüsterte sie mir ins Ohr, während ihr Gesicht zwischen meinen liebenden Händen lag.

Mein Großvater hatte mir einmal gesagt: »Wenn du jemals eine Frau kennenlernst, die zu schön und zu gut für dich ist, dann heirate sie.«

Und genau solch eine Frau war Stina! Wir gingen Hand in Hand zurück in Karstens Bude, öffneten die Fenster, legten eine Platte von Coltrane auf, ich drehte einen Joint, nahm zwei Bier aus dem Kühlschrank und sah zu, wie Stina durch den Raum tänzelte. Wie unbeschwert sie in ihren Bewegungen war, als sei sie nur ganz Mensch, wenn sie tanzte. Jeglicher Zweifel, der oft im Gespräch mit ihr auftauchte, war fort. Sie war ganz sie – und wild war sie und natürlich wunderschön. Ich hielt inne. Bei den anderen Frauen war es Begierde gewesen, Lust, aber hier lag ein anderer Zauber in der Luft. Eine Verliebtheit, die mir den Kopf verdrehte und egal was Stina von mir verlangen würde, ich würde ihr alles geben. Ich würde verrückt werden, wenn sie einem anderen Mann hinterherschauen würde, würde ihn wahrscheinlich erschlagen, ohne zu zögern und im Gefängnis landen, würde ihr lange Briefe aus dem Knast schreiben und die Tage, die ich auf eine Antwort warten würde, würden zu Jahren werden und zum Schluss würde ich dem Wahnsinn verfallen und meine letzten Tage festgeschnallt in einer Irrenanstalt verbringen, betäubt von Neuroleptika auf den Tod wartend. Sehenden Auges in die Katastrophe blickend konnte ich mich ihrer Anziehung nicht widersetzen.

»Tanz mit mir«, sagte sie zärtlich und reichte mir ihre Hand.

Widerwillig stand ich auf und tanzte engumschlungen mit ihr und wir schwebten über die Holzdielen des Raumes. Dann verfielen wir unserer Lust. Kurz bevor ich ihr die Kleider vom Leib reißen wollte, sagte sie:

»Warte, ich will, dass wir uns zu Ludovico Einaudi lieben.«

Sie ging zum Plattenspieler und legte die Platte auf, dann kam sie in langsamen taktvollen Schritten auf mich zu, küsste mich, und wir fielen wie zwei Federn im Klangbett der Musik weich zu Boden. Ich glitt mit meinen Küssen ihren Körper hinunter. Höhepunkt und tiefes Tal. Stöhnen und Pianoklänge. Zitternde Finger. Schatten im Licht. Haut an Haut gepresst. Knarrende Dielen. Takt und Musik. Beckenstoß im Widerhall. Römische Nacht. Cigarettes after Sex. Nackter Rauch steigt empor. Sommersprossenmeer. Glücklich wie zwei Lämmer im Schlaf.

Genauso wie wir eingeschlafen waren, erwachten wir auch: Nackt auf dem Fußboden, ohne Kissen oder Decken, vor den Fenstern sang eine Meise, deren Gesang sich mit dem Rauschen der Motoren auf den Straßen vermengte. Der Tag hing schon auf dem Fenstersitz und durch die Schlitze der hinuntergezogenen

Rollläden warf die Sonne ihre ersten Strahlen schattig auf unsere Haut, sodass unsere Körper im Wechselspiel zwischen Licht und Schatten das Muster des Tages annahmen.

Angezogen traten wir aus der Tür, um frühstücken zu gehen. Es war ein Sonnentag im späten Juli des Jahres, Rom war dreckig und wunderschön, mit einem blauen Himmel, der direkt über der Stadt lag und durch den die Flugzeuge Kreuze aus Kondensstreifen zogen. Nachdem wir herrlich verliebt in einem kleinen Café an der Ecke, in dem frische Brötchen und Cappuccino mit einem Herz im Schaum serviert wurden, gefrühstückt hatten, legten wir uns ineinandergekuschelt auf eine Wiese im zentralen Stadtpark Villa Borghese und gaben den Wolken Namen und suchten nach Abbildungen, die uns vertraut vorkamen.

Am Abend wollte Stina mit mir tanzen gehen. Doch bis dahin hatten wir noch eine Menge Zeit. Wir schlenderten ohne ein Ziel vor Augen durch Rom, vorbei an vielen kleinen Tante-Emma-Läden, deren verstaubte Schaufenster kurze Einblicke auf das Sortiment gaben, vorbei am Museum für zeitgenössische Kunst, in dem gerade eine Ausstellung über Nero – »Macht und Leidenschaft« – gezeigt wurde, die Straßen herauf und wieder hinunter, bis wir uns müde vom Auf- und Abstieg auf eine weiße Bank vor dem Eingang eines Tropenhauses setzten und nichts weiter taten, als uns verliebt in die Augen zu schauen und uns zu küssen.

Inzwischen kehrte der Abend über die Stadt und wir hatten uns zurück zur Wohnung begeben. Ich küsste Stina und wollte mit ihr in der lusterstickten Luft versinken, doch sie stieß mich sanft weg: »Später! Ich will jetzt mit dir tanzen gehen.«

Und wir gingen in eine Disko, in der Swing und Elektro liefen und ich sah ihr zu, wie sie durch die Menge wirbelte, als Tanz des Glückes, als Göttin der Nacht. Oh Rom, deine Nächte werden ewig sein.

Und alle Augen auf sie, die Schönheitskönigin. Wir tanzten in den namenlosen Morgen, mit nichts als unserer flüchtigen Liebe.

Während sich das Taxi mit der Geduld einer Mutter durch die Straßen schlängelte und das nächtliche Rom am Fenster vorbeizog, sagte ich: »Wo nimmst du diese Leichtigkeit her, mit der du durch dein Leben tanzt?«

Sie legte ihren Kopf auf meine Schulter und lächelte still. Wir fuhren durch die warme Nacht zurück zur Wohnung und schliefen musikberauscht ein.

Ein Klingeln an der Tür ließ uns erwachen, ich ging schlaftrunken zur Fernsprechanlage.

»Hallo, Karsten und Daniela hier.«

Ich öffnete die Tür und Stina und ich zogen uns hektisch an. In der Nacht hatten wir uns geliebt und unsere Klamotten in der ganzen Wohnung verteilt. Daniela und Karsten traten nacheinander in die Wohnung hinein, wir waren halb angezogen und die Beiden lächelten nur. Wir lächelten auch und der ganze Raum lächelte mit uns. Karsten fragte nach unserem Abend und freute sich über unseren Ausflug ins nächtliche Gewebe Roms. Stina und Daniela wollten sich zusammen die Stadt anschauen und verabschiedeten sich bei uns mit zwei zarten Küssen.

»Wir sehen uns dann heute Abend zum Essen wieder, also macht's gut!«, sagte Daniela. Sie verschwanden und Karsten kochte uns einen Kaffee.

»War wohl eine wilde Nacht gestern?«

»Stina ist eine Wahnsinnsfrau!«

»Genug jetzt von den Frauen und ihren wunderbaren Wesen, dreh erstmal einen Joint. Ich würde dir gern mein neues Gedicht zeigen.«

Niemals werden wir mehr
unberührt unschuldig sein
nie mehr
wirst du mich lieben
wie in jener Nacht
über den Dächern
einer fremdvertrauten Stadt
mit schwingenden Tönen
einer silbernen Flöte
vor den Bergkuppeln
dieser Welt
eine andere haben wir nicht
Apoll ist nur noch ein Hauch
die Nymphen verschwunden
es gab eine Zeit
welche aus Märchen und Fabeln bestand
und nicht aus Zeitfenstern
das Unheilige schreitet unaufhaltsam voran
in unsere kleinen Schönheiten
die vor den Fenstern vergehen …

»Woran schreibst du gerade?«, fragte er.

»Ab und an ein Gedicht, aber seit ich unterwegs bin, mache ich mir Notizen für einen Roman – mal sehen, was daraus wird.«

»Nutz deine Zeit, jetzt wo deine Säfte noch fließen. Nie fiel mir das Schreiben leichter als in deinem Alter, mit jedem Jahr wird es schwieriger, denn du spürst, dass deine jugendliche Kraft langsam vergeht. Mach was aus deiner jungen Muse!«

»Ich versuch's, aber es gibt so viele Ablenkungen, schöne Ablenkungen.«

»Das stimmt! Vor allem Frauen – wobei sie wohl die wunderbarste Ablenkung der Welt sind! Trotzdem: eine Frau verliebt sich zwar in einen Dichter, aber sie will keinen Dichter heiraten. Lass dir das gesagt sein. Jede menschliche Beziehung gibt dir etwas, verlangt aber auch etwas von dir. Also pass auf, dass du dich nicht verlierst.«

»Ich glaube, das ist schon passiert.«

»Als Freund sag ich dir: Genieß es, lass nichts anbrennen und leb jeden Augenblick wahrhaftig und wild! Doch als alter Schriftsteller sag ich dir: Nimm die Beine in die Hand und lauf, nimm die Muse und Erinnerung mit und mach dich aus dem Staub! Frauen können einem den Verstand rauben, und jedes Mal, wenn du vor deinen Gedichten sitzt, denkst du dir: Ach, was soll's, ich verbringe lieber einen schönen Tag mit ihr, als hier alleine zu schreiben. Und nach wundervollen Wochen, in denen du all die verrückten Dinge gemacht hast, die Verliebte so tun, liegen deine Gedichte immer noch halbfertig auf dem Schreibtisch und du wirst unzufriedener und mit dir auch sie und dann wird es hässlich. Aber verdammt, du bist jung und musst deine eigenen schönen Fehler im Leben machen, was weiß ich schon, es ist nur so verdammt tragisch, dass man immer eine Entscheidung zwischen der Kunst und der Liebe treffen muss. Als wären sie zwei Geliebte, die eifersüchtig aufeinander sind. Aber genug davon, lass uns in die deutsche Buchhandlung gehen, da liest heute Tobias Roth aus seinem neuen Gedichtband.«

Tobias Roth war ein kleiner, schmächtiger Mann mit Pferdezopf und Brille, der aus Bayern kam und jetzt in Berlin lebte, der sowohl Lyrik als auch Übersetzungen aus dem Italienischen ins Deutsche schrieb. Er ist für mich einer der gescheitesten Dichter Deutschlands. Wenig elitär, dafür mit einer Kehle aus Gold und einer Liebe zu Sprache und der Antike.

»Hallo, Herr Roth«, sagte Karsten, »ich bin schon gespannt auf Ihre neuen Gedichte.«

»Ich auch«, antwortete er mit einem Lächeln im Gesicht, »geht doch schon mal rein und holt euch was zu trinken.«

In der Buchhandlung befanden sich vielleicht 20 oder 30 Leute, die zwischen den Bücherregalen auf Klappstühlen saßen. Die Lesung dauerte eine Stunde und war wirklich lehrreich, denn Herr Roth hatte zwischen den Gedichten immer Platz für Anmerkungen gelassen und erklärte den Zuhörern Begrifflichkeiten der Antike. Er verstand es mit Worten umzugehen, Bilder in den Kopf zu malen.

Der Schnee und sein an die Lippen gelegter Finger
wo der Marmor geboren wird, beweglich
im Wind, grünender Granit
Die Kälte erteilt dir Auskunft über dich
Ich sehe die weißen Fahnen über den Graten
Entzündungen der Seele, Herde und Heime
Salz und Steilhänge
Augenleiden, zuweilen

Karsten und ich kauften uns sein neues Werk »Grabungsplan« und verschwanden dann wieder.

»Weißt du«, sagte ich, während wir nebeneinander auf dem kleinen Gehweg im nächtlichen Rom umherschlenderten, »klar muss man auch Lesungen in Buchhandlungen machen, aber ich halte es für einen der ungeeigneteren Orte für eine Lesung. Wenn ich irgendwann mal eine Lesung gebe, dann würde ich sie in einer Bar abhalten, im Hintergrund vielleicht leiser Jazz und die Leute könnten sich dabei kräftig betrinken und hätten einen schönen Abend. Niemand würde pssst ... sagen, sondern die Leute könnten sich unterhalten und die Poesien würden trotzdem die Ohren erreichen, die sie erreichen sollten. Es gibt doch nichts Schlimmeres als eine Lesung ohne Alkohol, sowohl für die Autoren als auch für die Zuhörer.«

»Da hast du verdammt nochmal Recht! Dann lass uns das doch machen! Meine Stammkneipe von Gegenüber hat bestimmt nichts dagegen und ich kenn auch genug Deutsche hier, die bestimmt kommen würden.«

Ich fand die Idee absolut nicht berauschend, ich wollte doch nur das Ambiente kritisieren und nicht sofort etwas anders machen.

»Ich weiß nicht, glaube, ich bin noch nicht so weit.«

»Ach, Quatsch, wenn du so denkst, wirst du nie soweit sein, du musst dich nur trauen. Wir machen das! Schluss!«

Widerwillig und ohne die Möglichkeit nein zu sagen willigte ich ein, obwohl mir der Gedanke, meine Gedichte vor Publikum zu lesen, nicht gefiel, noch nicht.

»Wir machen das in drei Tagen, ich organisiere alles und dann wird das schon.«

»Jetzt wollen wir mal wieder zu unseren Damen gehen und hören wie ihr Tag war.«

Daniela und Stina warteten schon auf der Spanischen Treppe, sahen uns von weitem kommen und tuschelten irgendetwas. Der Platz war überfüllt mit Touristen, die Sonne brannte unermüdlich vom Himmel und in der Luft vermischten sich die Prise des Meeres mit den Abgasen der Stadt. Wir hatten nichts anderes zu tun, als in ein schickes kleines Restaurant, nicht weit von der Innenstadt entfernt, zu gehen, etwas zu essen und uns volllaufen zu lassen, während der Wind um die alten Fenster der Stadt pfiff. Karsten erzählte Daniela und Stina von unseren Plänen und sie hielten es für eine großartige Idee, und nun konnte ich nicht mehr kneifen, denn ich wollte vor Stina nicht als literarischer Feigling rüberkommen.

»Das Kolosseum war so prächtig! Ich habe noch nie etwas Vergleichbares gesehen!«, sagte sie, während sie ihre Hand auf mein Bein legte. Nachdem wir gut gegessen hatten, verabschiedeten sich Daniela und Karsten. Und ich schleppte Stina in einen Club. Ich wollte mich ordentlich besaufen und engumschlungen mit ihr tanzen. Von außen sah der Laden ganz nett aus, FiveIn stand über dem Eingang in blauer Leuchtschrift, und während ich zur Bar ging, um für mich einen doppelten Whisky und für sie einen Gin-Tonic zu bestellen, hatten sich schon drei junge Italiener um mein Mädchen versammelt. Sie schmeichelten ihr mit ihrem schmalzigen Akzent.

»Hey Jungs!«, sagte ich beim Zurückkommen, »verpisst euch, sonst passiert was!«

Die Typen schauten mich böse an und verschwanden. Dann nahm ich Stina in den Arm und wir tanzten in dem vollen Laden zu irgendeiner schlechten italienischen Musik. Im Augenwinkel beobachtete ich die ganze Zeit die drei Typen, die mich anschauten und mir etwas Sorge bereiteten.

»Lass uns lieber verschwinden, ich hab ein komisches Gefühl!«, sagte ich zu ihr.

An der Garderobe nahmen wir unsere Jacken und gingen aus dem Club und so wie ich es mir gedacht hatte, verfolgten uns die drei Typen. Mit schnellen Schritten bogen wir in eine kleine Nebengasse ab und ich sagte zu Stina, sie solle einfach schon einmal vorgehen. Sie wollte bleiben. Dann stieß ich sie weg. Etwas wütend drehte sie sich um und ging. Alleine stand ich in der kleinen, grauen Nebengasse und wartete darauf, dass die Italiener um die Ecke bogen und überlegte mir, wie ich sie zurechtweisen konnte. Ich war nicht besonders stark. Mein einziger Vorteil war, dass ich ohne Angst und Skrupel war. Die Typen kamen in einer Reihe auf mich zu.

»Hey Mann! Was ist euer scheiß Problem!«, rief ich ihnen entgegen. Und: »Ich schaff vielleicht nicht euch drei, aber einen von euch hau ich tot, verstanden?«

Doch sie kamen immer näher. Zwei von ihnen blieben etwas zurück und nur einer machte weitere Schritte auf mich zu, ein mächtiger Kerl, der mich wahrscheinlich mit einem Kinnhaken K.O. geschlagen hätte. Ich hob meine Fäuste, stellte mich auf und wartete darauf, dass er in meine Reichweite kam, um ihm sofort einen kräftigen Schlag auf den Solarplexus zu verpassen, wie Marek es mir in Bozen beigebracht hatte, doch er hob die Hände und zog aus seiner Seitentasche ein Portemonnaie. Ich erkannte, dass es das von meiner

Freundin war. Er gab es mir ohne ein Wort, machte eine entschuldigende Geste, drehte sich um und ging. Verdammt! Mir schlug das Herz bis zum Hals! Wahrscheinlich war es eine Art Bande, die während sie Stina angetanzt hatten, ihr das Portemonnaie aus der Tasche gezogen hatten, doch aus irgendeinem Grund hatten sie Reue für uns empfunden und es zurückgebracht – und das schätzte ich sehr. Erleichtert ging ich zurück zu Karstens Bude, Stina wartete schon aufgeregt in der Tür.

»Was ist passiert? Geht es dir gut?«, fragte sie und nahm mich schützend in den Arm.

»Alles prima! Die wollten mich gar nicht verprügeln.«

Ich gab ihre die Geldbörse zurück.

»Die haben sie dir wohl geklaut und warum auch immer, wollten sie sie zurückgeben.«

»Manchmal tun auch böse Menschen die richtigen Dinge.«

»Ich weiß nicht, ob sie wirklich böse sind. Ich glaube, es gibt keine bösen Menschen. Ich glaube, es gibt viele gute Menschen, denen Böses passiert ist und die dadurch vergessen haben, was es heißt, gut zu sein. So ist das manchmal! Das Leben zwingt uns alle irgendwann mal auf die Knie.«

Sie nickte mir zu, wir setzten uns auf das schwarze Ledersofa, zündeten einen Joint an, legten Musik auf und lagen engumschlungen da. Wir sahen zu, wie der Mond durch die Fenster wanderte und der weiße Rauch Pirouetten durch die Luft zog.

Den nächsten Tag verbrachten wir vom Morgen an im Rausch der Verliebtheit am Meer. Während sie im seichten Wasser badete, saß ich am Strand, mit Sonnenbrille und hoch gekrempelter Cordhose und überlegte, welche Gedichte ich am nächsten Tag vorlesen sollte. Ich sah zu, wie ihr Rücken im Wasser verschwand und nur noch ihr Kopf aus dem bewegten Meer schaute. Meine Blicken nahmen auf, wie sie sich umdrehte und mich anlächelte und die Wasseroberfläche ihr Gesicht reflektierte und wie alles von einem seidenen Schimmer umhüllt war. Die Möwen kreischten und tanzten in der hellblauen Sommerluft, der weiche salzige Windzug der Küste fegte immer wieder einzelne Sandkörner zwischen die Seiten meines Notizheftes. Alles war golden, aufgegossenes Glück in der Kürze unserer Leben und doch wusste ich, dass dies alles nicht von Dauer sein würde, denn auch wenn es mir gut in Rom gefiel, unsere ungewisse, junge Liebe hatte ein Ablaufdatum, denn etwas in mir zog mich wieder auf die Straße. Aber auch sie würde in ein paar Tagen abreisen und Gott weiß, ob wir uns jemals wiedersehen würden. Etwas in mir musste das Leben weiter in sich aufsaugen, die Ferne als Windzug in die Lungen einatmen, denn Rom war nun nicht mehr fremd für mich, war Liebe, Leidenschaft, sexuelle Hinhabe und Verbundenheit geworden, doch ich war immer noch hungrig und jung und wollte das Leben verschlingen. Den ganzen Tag verbrachten wir am Strand, ab und zu ging Stina baden und kam zurück zu mir, legte sich mit ihrem nassen Körper in meinen Arm und sagte traurig schöne Dinge wie: »Denkst du das Salz kann uns konservieren?« und schlief dann ein, während ich versuchte, meine Unsicherheit die Lesung betreffend zu überwinden. Gegen Abend, als die Sonne sich schon fast ganz zum Horizont geneigt hatte und den Himmel blutrot färbte, jeder einzelne Strahl ein Versprechen, ein rubinroter Lichtfunke, der als Scheinwerfer Richtung Stadt leuchtete, gingen wir zurück zur Wohnung. Ich nahm mir ein Glas aus dem Schrank und füllte es bis oben hin voll mit Whisky, verfiel meiner Unsicherheit, zweifelte an meinen Gedichten, dachte daran, welche Wertigkeit sie hatten und kam zu dem Entschluss, dass sie überflüssig waren, dass alles überflüssig war und ohne Bedeutung.

»Musst du dich jetzt so betrinken?«

»Ja, muss ich. Wenn du was dagegen hast, verpiss dich doch!«

Der Rauch meiner im Aschenbecher qualmenden Kippe schwebte schwerelos in der aufgebrauchten Luft des Zimmers.

»Dann viel Spaß, dir und deinem Whisky«, sagte sie und verschwand traurig aus der Tür.

Ich schüttete mich weiter zu, bis ich irgendwann betrunken auf dem Boden lag und einschlief. Der nächste Morgen trug den Geruch von Kotze und ich erwachte in einer großen Lake aus Erbrochenem, in dem schon die ersten Fliegen badeten. Mein Schädel schmerzte. Ich hatte nicht mal genug Kraft, um mich aufzurichten, lag lange mit geöffneten Augen und einem leeren Blick auf dem Boden und starrte die weiße Raufasertapete der Decke an, irgendwann gegen Mittag klingelte es an der Tür. Mit dem Gedanken, dass es Stina sein könnte, schleppte ich meinen halbtoten Körper zur Sprechanlage. Es war Karsten. Als er zur Tür hineinkam und mich tief versunken auf dem Sofa sah, die Kotzlake auf dem Boden und die leere Flasche Whisky auf dem Tisch, meinte er: »Sag mal, was ist denn hier passiert?«

»Nichts Besonderes«, stammelte ich.

»Das sieht aber nicht nach nichts aus. Ich mach dir erstmal einen Kaffee. Dazu ein paar Kopfschmerztabletten und eine Prise Koks, dann geht das schon wieder!«

Er brachte mir den Kaffee, die Tabletten und legte mir eine kleine Line und ich erzählte ihm, dass ich meinen Zweifeln verfallen war und Stina angebrüllt hatte, ohne Grund.

»Ach, das passiert den Besten, ein Künstler ohne Selbstzweifel ist kein Künstler, dafür gibt es Koks, das tötet alle Zweifel in dir, wenigstens eine Zeitlang.«

Und er hatte recht, nach der Line ging es mir schon viel besser. Ich spürte wie das Lebensfeuer des Kokains durch meine Adern schoss.

»Wir haben jetzt noch zwei Stunden Zeit. Dann gehen wir in die Bar, ich hab alle Leute eingeladen, die ich kenne – das wird schön.«

Jeder von uns sollte nur fünf Gedichte lesen, denn wie wir beide fanden, es gibt nichts Schlimmeres als eine zu lange Lesung. Wenn die Leute anfangen sich zu langweilen, hast du verloren, und egal wie wertvoll deine Gedichte sind, sobald sich nur einer langweilt, breitet es sich wie eine Epidemie aus, und am Ende sind alle unzufrieden. In meinem Rucksack hatte ich noch fünf Ausgaben meiner selbstgebundenen Bücher aus Bozen, und Karsten wollte seine zwei Werke (Tibetanische Rose & Timbuktu – Ohne Salz, kein Zucker) verkaufen.

»Man soll da anfangen, wo man aufgehört hat«, sagte er, öffnete eine Flasche Wein, während wir zwei Gramm Kokain in unseren Nasen vernichteten. Wir saßen ganz entspannt und ohne Aufregung tief versunken im Sofa und redeten über Frauen und Sex und Drogen und Liebe und Lyrik und Rom und Reisen und diese Einsamkeit, die wir in allem spürten und die wir jeden Tag aufs Neue zu überwinden hatten, jeder von uns auf seine eigene Weise.

Die knarrende Holztreppe hinunter. Schritt für Schritt im Taumel des ewigen Rausches. Auf die Straße raus – und da sahen wir die Kerzen in der Bar auf der anderen Seite durch die verglaste Front flackern. Der Laden war schon gut gefüllt, vielleicht 40 Leute und alle begrüßten Karsten wie einen alten Freund. Er stellte mich allen vor, durch die Boxen schwang sanfter Jazz als Hintergrundmusik, genauso, wie ich es mir vorgestellt hatte. An der Bar saßen die Leute auf Hockern und im Raum standen viele kleine runde Tische, mit Kerzen und Narzissen, von draußen drang das rote Flimmern der Abenddämmerung hinein und am Ende des länglichen Raums standen ein Tisch, ein Stuhl und ein Mikrophon.

»Hier, nimm und trink!«, sagte Karsten und reichte mir ein Bier.

»Ich hätte aber lieber einen Wein.«

»Das ist nicht gut, vom Wein bekommst du einen trockenen Mund beim Lesen.«

»Wir haben doch gerade bei dir oben eine ganze Flasche getrunken.«

»Ach ja, stimmt.« Er zuckte mit den Schultern.

Heilige Scheiße, aus uns sprach das Koks und als ich ihm in die Augen blickte, fragte ich mich selbst, ob meine Augen auch so verrückt und tief aussahen. Erst jetzt bemerkte ich, dass Stina und Daniela in der ersten Reihe saßen, ich winkte ihnen lächelnd zu, doch ging nicht hin. Zu groß war die Schmach von gestern, grundlos hatte ich Stina angebrüllt, sie regelrecht aus der Wohnung vertrieben, nur um allein in meinem Selbstmitleid zu versinken.

Der Barmann drehte die Musik auf ein Minimum, so dass sie nur als kleines sanftes Rauschen die Stille durchbrach. Karsten ging zum Mikrophon, begrüßte die Leute herzlich, stellte mich vor und rief mich auf die Bühne. Der erste Applaus meines Lebens legte sich wie Sommerregen, der ganz sanft niederprasselt, auf mich. Zur Einleitung erzählte ich von meiner Reise. Die Leute hörten aufmerksam zu und dann fing ich mit zitternden Knien an zu lesen: zu schnell und ich verhaspelte mich in den Alliterationen. Von einem auf den anderen Augenblick war es schon vorbei. Ich bekam Applaus, wie im Rauschtraum verging die Zeit, ein einziger Atemzug, während das orangene Licht der Deckenbeleuchtung eine beruhigende Wärme auf meiner Haut hinterließ. Es war, als hätte ich nicht selbst gelesen, als wäre es jemand anderes, der mit meinem Mund zu den Leuten sprach und ich hörte ihm still zu. Nie verging die Zeit schneller und langsamer als in diesem Augenblick, meinem ersten schattenhaften Erscheinen auf der literarischen Bühne. Berauscht von Energie, verspürte ich eine tiefe Zufriedenheit. Dann las Karsten seine Gedichte vor und ich hing an seinen Lippen. Er trat selbstsicher auf, las mit ruhiger, rauer Stimme langsam vor, gab jedem Wort mit seiner Betonung seine Bedeutung und ich sah seine gesprochenen Worte als Bilder in meinem Kopf rotieren:

blick auf zu den kleinen Fenstern
mit Lichtern hinterm Glas
geh auf die Hügel
auf die du klettern kannst
als wärst du ein Kind
und dann schau auf die Stadt
geh in die Straßen
und zeige dass du lebst...

Als ich ihm noch berauscht vom eigenen Lesen und dem Koks, zuhörte, schloss ich die Augen und es schien fast so, als hätte etwas Fragendes in mir eine Antwort gefunden. Wie auf einem Highway flog mein bisheriges Leben an mir vorbei, all das Suchende, all die Enttäuschungen, das Fortgehen, der Ausbruch aus der beschützten Heimat, der Faustschlag, der auf der Nase meines ehemaligen Schulleiters landete, alles das sah ich nun leuchtend vor mir. All meine Versuche, mich einem Lebensweg hinzugeben, der nicht für mich bestimmt war, all die Wege, die ich gegangen bin, von Geburt an, alle, um genau an diesem Augenblick zu landen, an dem ich nicht mehr leidend auf meine Vergangenheit sah, sondern sie akzeptierte, als Weg, der mich nun zu mir selbst geführt hatte. Zu lange war ich ziellos und blind durch die Straßen gegangen. Hatte zwar einen Sinn in den Dingen der Welt erkannt, doch trug diesen Sinn nicht in mir. Mein Aufbruch war Rebellion, Suche und Flucht gewesen. Doch nun eröffnete sich mir eine neue Welt. Hier im abendlichen Rom, in einer kleinen Kneipe im Kerzenschein bei Lyrik, Bier und Koks, erkannte ich, wer ich war und wer ich sein sollte. Denn sobald sich etwas als Weg offenbart, scheinen alle Schwierigkeiten, die überwunden werden mussten, es wert gewesen zu sein. Es war ganz egal, ob ich Erfolg damit haben würde oder nicht. Es ging viel mehr darum, meiner Seele eine Gestalt zu geben, um die Leidenschaft, dieses Leuchtfeuer, das sich gerade in mir entzündet hatte und die dunklen Gipfel der weit entfernten Berge meiner Phantasie miteinander verband. Und auch wenn ich zuvor Gedichte in den Tag hinein gekritzelt hatte, war dies kein Vergleich zu dem Gefühl, sein Innerstes vor Fremden nach außen zu tragen, sich nackt zu offenbaren und dafür Applaus zu bekommen, alle Masken der Gesellschaft ablegend und sich unter dem Schein von Apoll offenbarend. In der Kunst liegt eine Wahrheit, eine innere Notwendigkeit, ein Weg und eine Brücke von der Innen- zur Außenwelt. Wer Kunst erschafft, wer Bilder malt, Gedichte schreibt, komponiert, ist meistens für sich allein, doch die Offenbarung liegt im Teilen der Worte, der Musik, der Gemälde. Erst dann entfaltet sich die Wahrheit, der schöpferische Geist, erst dann entsteht die Brücke zwischen den Welten. Wer noch nie vor Publikum gelesen, gesungen, gespielt oder ausgestellt hat, dem wird es schwer fallen einen Sinn in seinem Schaffen zu finden, denn erst der Dialog zwischen Künstler und Publikum gibt der Zeit der Schöpfung, in der man zurückgezogen wie ein Eremit in den Bergen seiner Phantasie gelebt hat, ihren Sinn. Nachdem wir beide gelesen hatten, standen wir lange bei interessanten Gesprächen an der Bar. Selbst ein Stipendiat der Villa Massimo war zur Lesung gekommen, verschwand aber sofort nach dem Ende und wir sahen nur noch seinen Hinterkopf an der gläsernen Fassade vorbeispazieren. Wir unterhielten uns mit den Leuten über die Schönheit Roms und die Problematik der zeitgenössischen Kunst. Ich bekam viel Lob und viel Kritik für meine Gedichte – und beides fühlte sich gut an. Dann trat Stina zu mir und kurz schlug mir das Herz höher, ich wollte gerade etwas sagen, mich für meine Dummheiten vom gestrigen Tag entschuldigen, da legte sie ihren weichen Zeigefinger auf meine Lippen und wir küssten uns versöhnlich.

»Ich weiß schon, dass du dich entschuldigen willst und das alleine reicht mir, es ist okay. Ich verstehe dich.«

Fröhlich war ich, dass der Friede zwischen uns ohne komplizierte Schuldzuweisungen wiederhergestellt war.

»Mir haben deine Gedichte wirklich gut gefallen und irgendwie siehst du auch anders aus, als hätte deine Aura sich verändert.«

Sie hatte ein gutes Gespür für Metamorphosen, für Auren und alles Spirituelle, zwar bildete ich mir ein, dass es daran lag, dass ich mich gefunden hatte (wie man sich eben in einer sich ständig wandelnden Welt finden kann), doch wahrscheinlich spielte das Kokain und dessen positiv berauschende Wirkung auch eine große Rolle. Karsten, Daniela, Stina und ich saßen noch lange im Laden, als die Leute schon gegangen waren, an einem der Tische und feierten bis in die Nacht hinein.

»Karsten, das war wirklich eine gute Idee von dir, Danke.«, sagte ich.

»Die Idee kam doch von dir. Ich habe sie nur umgesetzt. Aber schön, wenn du Freude hattest.«

»Yeah! Sogar mehr als das: Ich hatte eben eine kleine Epiphanie, als du gelesen hast. Ich glaube, ich will Schriftsteller werden.«

»Du bist doch schon Schriftsteller. Schriftsteller zu sein hat nichts mit Erfolg zu tun. Es ist zwar ein Beruf, aber gleichermaßen ist es eben auch kein Beruf, sondern eine Bestimmung, etwas, was einen findet, worin man sich verliert, was einem Halt gibt in dieser verrückten Welt.«

»Bis jetzt habe ich noch nicht wirklich darüber nachgedacht, aber dieses Gefühl auf der Bühne war einfach unbeschreiblich, davon will ich mehr, ich will es aufsaugen.«

Zu viert leerten wir die Flasche, dann gab der Barmann uns noch ein paar Scheine, eine kleine Beteiligung an seinem Umsatz. Daniela und Karsten verabschiedeten sich und ich gab Karsten einen dicken, betrunkenen, freundschaftlichen Kuss. Stina und ich blieben noch am Tisch sitzen und bestellten eine weitere Flasche Wein, saßen uns gegenüber, sahen uns tief durch die flackernde Kerze, die in der Mitte des Tisches stand, an, streichelten unsere Hände, spielten mit den Berührungen unserer Finger, die wie zwei Mosaiksteine immer wieder ineinander fanden.

»Ich finde gut, dass du Schriftsteller werden willst, es ist wichtig Träume zu haben und sie auch zu verfolgen.«

»Und was ist dein Traum?«

»Ich würde gern in Lateinamerika leben. Ich war schon einmal dort und alles fühlt sich dort so richtig für mich an. Hier muss ich gegen gewisse Schwingungen ankämpfen, aber dort fließen meine Schwingungen in die Welt hinein. Ich habe in Lateinamerika ein Gefühl der Verbundenheit mit dem Leben, hier muss ich mich zu Dingen zwingen und dort geschehen sie einfach. Weißt du, was ich meine?«

»Ja, ich war zwar noch nie dort, aber ich kenne das Gefühl nur zu gut aus meiner Heimat. Da war es ähnlich. Man erzählt ja viel von Reisenden, die glauben eine Erkenntnis gefunden zu haben und wenn sie zurückkommen, versuchen sie ihr Umfeld zu ändern, es zu belehren, wie ein falscher Prophet. Aber darum geht es mir nicht. Zum Beispiel könnte ich nie etwas Schlechtes über die Menschen in meiner Heimat sagen. Ich habe diese Reise nicht gemacht, um zu fliehen. Kein neuer Anfang sollte jemals eine Flucht sein, sondern stets eine Suche. Es geht nie um Orte, sondern immer um die Einstellung zu ihnen.«

»Da hast du Recht«, sagte sie mit einem Anflug von einem Lächeln in ihrem Gesicht. Jedes Mal, wenn wir uns in die Augen blickten, küssten oder zusammen im Bett lagen, verlor ich jegliches Gefühl für Zeit. Es war, als wären wir von einer Seifenblase umhüllt: Wenn wir uns in der Stadt an viel frequentierten Plätzen küssten und die Augen schlossen, musste ich danach immer wieder kurz überlegen, wo wir jetzt eigentlich genau waren. Unser Zustand der Verliebtheit glich einem Opiumrausch, und zum ersten Mal begriff ich, dass wir beide nicht auf ewig in diesem Rausch verweilen konnten.

»Ich habe geplant, Rom morgen zu verlassen. Ich muss weiter, irgendetwas in mir zieht mich wieder zurück auf die Straße«, sagte ich traurig zu ihr.

Erst eine kurze Stille ... »Ja ... Du musst weiter.«

Unsere Worte waren nichts weiter als leeres Gerede, wir beide wollten uns nicht trennen, aber wir wollten uns genauso wenig verletzen lassen. So wie sie meine Traurigkeit spürte, so spürte ich auch ihre und hätte sie nur einmal gesagt: »Bleib!«, ich wäre geblieben. »Komm mit mir nach Bonn«, und ich wäre mit ihr gegangen, doch es wäre verrückt gewesen, verrückt und hoffnungslos. Ich war zugleich froh und traurig darüber, dass sie nichts sagte. Wir verstanden uns auf einer Ebene, die keiner Worte bedarf, allein unsere Blicke reichten aus, dass wir beide wussten, was wir wirklich fühlten und dass es für uns beide das Beste sein würde, wenn ich mich auf den Weg machte.

Die letzte gemeinsame Nacht: Wir zündeten im ganzen Raum Kerzen an, aus den Boxen drang Chopin und ihr Flüstern in meinen Ohren: »Willst du mich noch einmal lieben?«

Wir wälzten uns mit feuchten Augen in der süßen Tragik unseres Abschieds, liebten uns, pressten unsere Körper fest aneinander, um jeden Abstand zwischen uns zu verbannen, hielten uns. Auf unseren Lippen tausend Worte, die wir hätten sagen können, vielleicht sagen sollten, doch wir blieben still, liebten uns schweigend, wie zwei Pflanzen, von denen nur eine Wurzeln im zu kleinen Topf des Lebens schlägt.

Am nächsten Morgen erwachte ich früh, Stina lag wie ein schlafender Stern neben mir. Ich küsste sie sanft auf die Stirn, ging leise ins Wohnzimmer, schrieb ihr mit dem stumpfen Rest meines Bleistifts einen langen Brief in nur drei Worten, legte ihn auf den dreckigen Holztisch, nahm meinen Rucksack und verschwand. Ich brachte es nicht übers Herz, mich von ihr zu verabschieden, ich zog es vor wie ein Feigling das Weite zu suchen. Zu viel, was wir hätten sagen können, leere Versprechen eines Wiedersehens, in Kontakt bleiben, sich schreiben – doch wir hätten es nicht geschafft, denn sie musste zurück in ihr Leben und ich hatte meines noch vor mir. Ein letztes Mal ging ich die Via Giona hinunter, blickte durch die gläserne Fassade der Bar, in der ich gestern gelesen hatte, warf einen letzten Schulterblick zum offenen Fester der Wohnung und hoffte im Geheimen, sie dort stehen zu sehen. Sie mit ihren wilden Haaren, die im Meereswind wehten und die mich zurück zu sich rief in das Traumweltleben unseres Betts. Wir würden uns Tage und Wochen durch unsere Träume und Nächte wälzen, nie an einen Abschied denken müssen und in ewig andauernder Liebe der Vergänglichkeit entfliehen. Doch niemand stand dort und niemand würde mich zu sich zurückrufen. Wieder war ich alleine und wollte es nicht anders: Ich nahm den Fernbus nach Bologna und verschwand aus der Stadt. Im Bus, den Blick aus dem Fenster auf die ewige Stadt, in der wohl doch nicht alles ewig ist, gerichtet, war alles verblendet. Ich sah ihre großen Mondaugen in der Landschaft, erkannte ihren Körper in den Windungen der Berge wieder. Ich wusste, wir würden uns irgendwann wiedersehen und dann wären wir beide bereit für diese große Liebe. Mich überkam eine tiefe Traurigkeit, ich weinte innerlich über den Abschied, und darüber, was aus unserer Liebe hätte werden können, wenn ich ein normaler Junge und sie ein normales Mädchen gewesen wären, die sich zufällig auf der Straße irgendeiner Stadt begegnet wären und sich verliebt hätten. Ein normales Paar, das heiraten und sich ein Reihenhaus kaufen würden, mit kleinem Garten, einem Hund und zwei Kindern. Sicher, trotz all dieser Spießigkeit wäre es ein gutes Leben gewesen, denn wenn man liebt, sind die Gesetze und Vorstellungen eines freien Lebens nichtig. Mit jedem Meter, den der Bus auf der holprigen Straße zurücklegte, spürte ich, wie das sonnige Gefühl der letzten Tage verging und nichts als eine große Leere zurückließ. Und was Karsten betraf, hätte ich gewusst, dass ich ihn nie wiedersehen würde, weil er Monate danach an einer schweren Krankheit starb, dann hätte ich ihm noch viele Dinge gesagt, die nun unausgesprochen blieben. Doch das Leben ist ein riesiges Gemälde, gleich des Höllentores von Rodin, Milliarden scheinbar zufälliger Augenblicke, die alle seltsamerweise miteinander verbunden sind. Die Wirrungen des Schicksals sind unbegreiflich. Wer kann schon sagen, ob eine augenblickliche Niederlage auch noch in Zukunft als solche zu betrachten ist? Wer vermag zu erkennen, welche Erfolge uns vielleicht in Zukunft schaden werden? Wir können uns den Fügungen nur hingeben und hoffen.

Wer weiß schon, was morgen sein wird, oder übermorgen, oder in einem Jahr? Wir sind Narren und wissen von nichts und gerade deswegen muss jede Chance ergriffen werden, jedes Wort hinaus in die große, vergängliche Welt geschrien und alle Liebe und Hingabe an die Wände derer geschrieben werden, die sie erbauten. Tod, mitten im Leben, der die Menschen zu Marmor macht, der Wandel, der alle Götter zu Fall bringt, webt eine dunkle Fügung, die in der öden Welt neue Wunder weckt, jeder Augenblick ist die Frucht von 4,6 Milliarden Jahren. Die von Sekunden gesättigten Tage schweben wie Falter um den Tod und jeder Augenblick ist wie ein Ausblick auf alle Zeiten!

Il re è morto viva il re!

Teil IV

Metamorphose

Von Bologna aus trampte ich die Küste entlang nach Marseille. Zwei Tage, in denen ich am Rand irgendeiner Landstraße stand, gen Himmel schaute und den Daumen raushielt. Die See lag am Tag ausgebreitet vor mir, in der Nacht schlug ich mein Zelt in nahegelegenen Waldstücken auf, saß am Feuer und beobachtete die Glut. Die Nachtwelt im glänzenden Licht des Mondes, von weit her das Rauschen der Wellen. Durch das Blätterdach der Erlen drang das flackernde Sternenlicht und warf feine Umrisse auf den warmen, moosbedeckten Waldboden und mit jedem Windzug, der von der See her rührte, fingen die Schatten im Gleichtakt des Windes an zu tanzen.

Mein Herz vermisste Stina, eine Tatsache, die sich nicht leugnen ließ. Dennoch war es aufregend, wieder allein in der Natur zu sein, die Stadt hinter sich gelassen zu haben und in den Zeltschlaf des Reisenden einzutauchen: Wenn die Städte in der Ferne schlafen, wenn sich selbst die Tiere zur Ruhe legen und der Atemzug des Meeres durch die Nacht fließt.

Es war ein verrückter Zustand, in dem ich mich befand: Die Drogen hatten meinen Verstand vernebelt. Im Labyrinth meines Geistes schlossen sich Türen und wieder andere gingen auf, ohne dass ich ahnen konnte, ob sich vielleicht der Wahnsinn hinter einer von ihnen versteckt hielt. Wenn ich mich unter Menschen befand, waren die ersten Tage golden, es waren Tage des Überflusses, der Wildheit menschlicher Ekstase, triefend vor Rausch und Lust in den Großstadtgassen. Doch nach einigen Tagen sehnte ich mich wieder nach Einsamkeit, nach Bergen und Meeren, nach dem Gefühl natürlicher Ästhetik. Ich wollte durch die Wälder laufen, die Welt in ihrem ursprünglichen Sein wahrnehmen, aber nach kurzer Zeit wollte ich wieder unter Menschen. Die menschliche Seele mit all ihren Wünschen – ein bipolares Miststück!

Nie war mein Geist stärker in Widersprüche verstrickt als zu dieser Zeit. Ich war ein junger Schriftsteller, der durchstarten wollte. Doch jedes Mal, wenn ich am Abend vor meinem Zelt am Feuer saß und versuchte mein Buch anzufangen, gelang es mir nicht. Ich warf die Zettel in die Glut, sah wie die schwarze Tinte meines Füllers sich in Asche verwandelte und nur einzelne Worte erkennbar blieben, die die Glut einige Zeit überdauert hatten, um dann auch in Rauch aufzugehen. Meine Texte waren nichts wert und brachten auch nur kurzzeitig Wärme. Nach vielen Versuchen ließ ich es bleiben, machte zwar Notizen, aber schrieb nie mehr als einen Satz – Verdammt, dann schreib ich eben kein Buch, vielleicht ja doch Lyrik! Vielleicht war die Geschichte auch noch nicht zu Ende, vielleicht musste sie erst zu Ende gelebt werden, bevor ich darüber schreiben konnte.

Langsam verabschiedete sich der Sommer, die Blätter der Bäume sanken verwelkt von den Ästen.

Es war Ende August im Jahr 2016: Ein in meinen Augen schlimmes Jahr für Europa und die Welt, eines von mehreren hintereinander. Der Terrorismus hielt Einzug, war vielleicht schon immer da.

Anschläge in Paris, in Brüssel, in Berlin, in Izmir, in Istanbul, in Kundus, in Aden, in Kayseri, in Kairo, in Ohio, in Mogadischu, in Jalalabad, in Hillah, in Adana, in Port Harcourt, in Peshawar, in Chaman, in Kabul, in Benghazi, in Amsterdam, in Tinskuia, in Fallujah, in Karbala, in Samarinda, in Shah-Noorani-Schrein, in Parwan, in Gothenburg, in Samarra, in Tikrit, in Hawidscha, in Faeyab, in Diyarbakir, in Des Moines, in Gubio, in Maiduguri, in Däöbeln, in Mandera, in Quetta, in Bingöl, in Gaziantep, in Bagdad, in Dicle, in Budapest, in Daraa, in St. Cloud, in New York, in Kandahar, in Van, in Mombasa, in Kabul in Mogadischu, in Aden, in Cizre, in Pattani, in Elazig, in Quetta, in Charleroi, in Saint-Ètienne-du-Rouvray, in Ansbach, in München, in Würzburg, in Nizza, in Dhaka, in Magnanville, in Orlando, in Tel Aviv, in Aqtöbe, in Essen, in Lahore, in Brüssel, in Bassam, in Ankara, in Hannover, in Jakarta, in Leytonstone ... Anschläge in Paris, in Brüssel, in Berlin, in Izmir, in Istanbul, in Kundus, in Aden, in Kayseri, in Kairo, in Ohio, in Mogadischu, in Jalalabad, in Hillah, in Adana, in Port Harcourt, in Peshawar, in Chaman, in Kabul, in Benghazi, in Amsterdam, in Tinskuia, in Fallujah, in Karbala, in Samarinda, in Shah-Noorani-Schrein, in Parwan, in Gothenburg, in Samarra, in Tikrit, in Hawidscha, in Faeyab, in Diyarbakir, in Des Moines, in Gubio, in Maiduguri, in Däöbeln, in Mandera, in Quetta, in Bingöl, in Gaziantep, in Bagdad, in Dicle, in Budapest, in Daraa, in St. Cloud, in New York, in Kandahar, in Van, in Mombasa, in Kabul in Mogadischu, in Aden, in Cizre, in Pattani, in Elazig, in Quetta, in Charleroi, in Saint-Ètienne-du-Rouvray, in Ansbach, in München, Würzburg, in Nizza, in Dhaka, in Magnanville, in Orlando, in Tel Aviv, in Aqtöbe, in Essen, in Lahore, in Brüssel, in Bassam, in Ankara, in Hannover, in Jakarta, in Leytonstone ...

Mehr und mehr spürte ich, wie der Neoliberalismus und unser ach so demokratisches Deutschland, das von einer großen Koalition regiert wurde, zerfiel. Wie rechte Populisten danach strebten, wieder an die Macht zu kommen und wie das Volk in der Vielzahl mächtig und dumm wie eine Herde Ziegen die Schuld am Terrorismus den Flüchtlingen gaben. Tag für Tag flohen Menschen über das Mittelmeer vor einem Wirtschaftskrieg und in diesem Fall kann man sagen, dass dieser Krieg ein Wirtschaftskrieg ist, dass vielleicht jeder Krieg ein Wirtschaftskrieg ist und dass jeder Flüchtling, jeder Einzelne dieser Menschen ein Wirtschaftsflüchtling ist. Denn nur so kann ich die Situation betrachten: der Kapitalismus ist Krieg und Ausbeutung und der Mensch darin ein Narr!

Ein Krieg, in dem sich die USA, Russland und Europa befinden, in dem die Politiker hin und her gerissen sind, Merkel sagt »Wir schaffen das«, ohne zu erklären wie, und die Rechten nutzen die Überforderung aus und verbreiten Lügen über vergewaltigte Frauen, und die Flüchtlingsheime brennen in Deutschland. Die Rechten geben den Flüchtlingen die Schuld und die Linken geben den Rechten die Schuld und die gutbürgerliche Mitte gibt der Regierung die Schuld und wir alle suchen einen Schuldigen und finden keinen, außer vielleicht das System, in dem wir leben.

Der Lauf der Geschichte wiederholt sich, solange bis wir daraus gelernt haben. Jedes Mal, wenn nach Schuldigen gesucht wird, ist eine Unterdrückung nicht weit. Wir können keinen einzelnen Schuldigen suchen. Alle gemeinsam sind wir die mit der Zeit verdorbene Frucht der Menschlichkeit. Wir ernten Jahrhunderte der Ausbeutung, der Akzeptanz und des Schweigens einer Idee, die weit entfernt von jedem humanistischen Grundgedanken liegt. Wenn Menschen auf der Flucht sind, hinter ihnen brennende Häuser und Bombeneinschläge und vor ihnen ein Grenzzaun, dann werden sie diesen passieren und das ist ihr vom Leben gegebenes Recht. Verdammt: Ihr Recht ist, in Ruhe in ihrem eigenen Land zu leben! Wer aus politischen und wirtschaftlichen Interessen einen Kontinent ausbluten lässt, braucht sich nicht zu wundern, wenn irgendwann der Aufstand auch vor seiner Tür beginnt. Hier geht es nicht darum, ob Flüchtlinge willkommen sind oder nicht (wobei meine Meinung immer für die Menschen und gegen das System ist). Sie sind da und solange es so unmoralische und verdorbene Menschen wie Le Penn oder Petry oder Erdogan oder Orban oder Seehofer gibt, die am liebsten die Grenzen mit Geschütztürmen dicht machen würden, wird es schwierig werden, einen einheitlichen Gedanken zum Frieden in Europa und der Welt zu finden. Immer wenn ich am Bahnhof arabische Familien sah, die schwerbepackt von Land zu Land geschoben werden, oder provisorische Lager und Hütten versteckt in einem Wald erblickte, überkam mich ein tiefes Gefühl der Schande. Bei all den politischen Debatten wird – wie so oft in unserem System – nur wenig an das Individuum gedacht.

Es war Ende August und ich fühlte, dass die Nächte kälter wurden. Nachdem mich eine entzückende ältere Dame mitgenommen hatte, die die ganze Fahrt über von ihrem Enkel sprach, der gerade in Australien auf Reisen war, und wir mit ihrem Fiat Punto mit 50 km/h über die Landstraße tuckerten, ließ sie mich in einem Außenbezirk von Marseille raus. Kein schöner Ort, überall sah man selbstgebaute Wellblechhütten aneinandergereiht, Kinder, die mit ihren kurzen Armen in großen, stinkenden Mülltonnen kramten und verwaiste Hunde, die auf der Suche nach etwas Essbarem durch die heruntergekommenen Straßen streunten. Ja, auch das war Europa, die Außenbezirke der Kulturstädte, die Touristen nie zu Gesicht bekommen. Die für einen Urlaub in Marseille oder Paris bezahlen, um den Alten Hafen in Marseille anzuschauen oder auch die Basilika Notre-Dame, um die Champs Elysees in Paris hinunter zu flanieren, am Seineufer die Nacht als monet'ische Darstellung und Romantik in ihrem Ursprung zu erleben, um dann verliebte Pärchenfotos vor dem Eiffelturm zu knipsen.

Ich folgte der kaputten Straße, die so große Schlaglöcher hatte, dass mein halbes Bein dort reingepasst hätte. An der Ecke gab es einen kleinen Lebensmittelladen, die Auswahl war recht beschränkt, aber ich kaufte mir einen großen Laib Brot und eine Flasche Wein, ging eine ganze Weile durch den Vorbezirk Richtung Meer. Die Straßen waren verdreckt und überall stank es aus den Mülltonnen, die unter der Hitze der Sonne anfingen zu gären und über denen Hunderte von Fliegen kreisten. Wenn ich Menschen begegnete, schauten sie mich griesgrämig an.

Konnte man es ihnen verübeln? Hier war kein Platz für Höflichkeiten – sowas muss man sich leisten können! Nach etwa 600 Metern stand ich vor einem großen Zaun, der den Vorbezirk vom Meer trennte. Verdammt! Hatten die hier nicht mal das Recht, zum Meer zu gehen und darin zu baden? Mal wieder die scheiß Politik! Ich suchte am Zaun entlang nach einem Tor, aber nach weiteren 500 Metern fand ich immer noch keinen Durchgang und die Sache wurde mir langsam zu blöd. Es war heiß und ich wollte mich im Wasser abkühlen, also warf ich meinen Rucksack mit aller Kraft über den Zaun, kletterte an den Maschen hinauf und sprang drüber. Was soll der Scheiß? Warum sperren die ein Meer ab? Ich verstand den Mist nicht, ging einen Hügel hinunter und sah ein weißes Gebäude, vor dem die europäischen Flaggen im Meereswind wehten und das direkt in einer Bucht am Strand lag. Ich dachte mir schon, dass es vielleicht doch keine gute Idee gewesen war, über den Zaun zu klettern, doch erst jetzt nahm ich die Kameras an dem Gebäude wahr.

Schnell wieder weg hier! Doch es war zu spät! Zwei Uniformierte mit Mp4 Uzi in den Händen kamen auf mich zu: »Stop!«

Dann redeten sie irgendetwas auf Französisch, das ich nicht verstand. Mit erhobenen Händen musste ich ihnen in das Gebäude folgen, sie nahmen mir meine Sachen ab und durchsuchten mich gründlich. Zum Glück hatte ich mein Gras in meinem Notizheft versteckt, da würden sie bestimmt nicht nachschauen. Ich musste mich nackt ausziehen und an eine graue Wand stellen. Sie schauten mir in den Rachen, unter die Zunge, selbst Hoden und After wurden nicht verschont. Dann durfte ich mich wieder anziehen. Ich saß fast zwei Stunden in einem Verhörzimmer mit einem weißen Tisch und einer weißen Wand, alles war weiß und leer. Die Tür öffnete sich und ein uniformierter Mann mit schwarzem Haar trat in den Raum und setzte sich mir gegenüber.

»Was machen Sie hier und wie sind Sie hier reingekommen?«

»Ich wollte nur zum Meer und bin über den langen Zaun geklettert.«

»Sie befinden sich hier auf Militärgelände und haben somit eine Straftat begangen.«

»Woher soll ich denn wissen, dass das hier Militärgelände ist?«

»Überall entlang des Zaunes hängen Schilder.«

»Die habe ich nicht wahrgenommen, da steht ja sowieso immer nur der selbe Mist drauf.«

»Was wollen Sie in Marseille?« Seine Stimme war ernst und monoton.

»Ich bin Reisender, nichts weiter, ich will mir die Stadt anschauen.«

»Heute Nacht werden Sie hier in Gewahrsam bleiben, bis wir alle Unterlagen über Sie von der Deutschen Botschaft erhalten haben.«

»Was? Was soll der Mist, ich hab doch nichts Schlimmes gemacht!«

»Sie sind unbefugt auf Militärgelände eingedrungen. Wir werden prüfen, ob Sie Kontakt zu terroristischen Vereinigungen haben.«

»Im Ernst? Das soll doch wohl ein Witz sein, ihr mit eurer scheiß Angst vor dem Terror, die bringt euch irgendwann noch ins Grab.«

»Wenn Sie weiter so unverschämt sind, können wir Ihren Aufenthalt hier auch noch etwas verlängern.«

»Ist ja okay.«

Dann kamen zwei Wachmänner herein und führten mich in Handschellen in eine Zelle.

»Ich dachte, man gilt vor dem Gesetz als unschuldig, bis die Schuld bewiesen ist?«

Keine Antwort. Sie schlossen die Tür hinter mir zu. Auf dem Boden lag eine blaue Latexmatratze ohne Bezug. Sonst befand sich nichts außer ein alleinstehendes Klo direkt neben dem vergitterten Fenster, von dem man einen wunderbaren Blick auf die weite, blaue Ferne des Meeres hatte. Natürlich machte ich mir ein wenig Sorgen, aber mein Gott, morgen würden sie mich wieder freilassen und nach den zwei Nächten im Zelt freute ich mich über ein Dach über dem Kopf und die schöne Sicht aufs Meer, auch wenn sich Gitterstäbe davor befanden. Übermüdet von meiner Reise und den langen Nächten in Rom mit Karsten und Stina legte ich mich hin und schlief bis zum nächsten Morgen durch, bis das knarrende Aufschließen des Schlosses mich erwachen ließ.

»Herr Frowin, Sie können Ihre Sachen nehmen und gehen.«

Bei deren Ausgabe zwinkerte mir noch ein Mann zu, der wahrscheinlich mein Gras entdeckt hatte. Dann begleiteten mich zwei Wärter zum Tor.

»Also, normalerweise übernachte ich nicht sofort beim ersten Treffen bei jemandem, den ich nicht kenne, aber Danke für die schöne Nacht, meldet euch mal!«

Auch wenn ihre Mienen hart wie Stein waren, konnte ich einen Anflug eines Lächelns bei einem der Beiden erkennen. Sie schlossen das Tor hinter mir zu und ich ging meiner Wege.

In Marseille, wo die Sonne golden vom Himmel strahlte, hatte ich nichts weiter zu tun, als mir einen Weg zum Meer zu suchen und darin zu schwimmen, lange den Strand entlang zu gehen, auf der Suche nach einem ruhigen Platz, wo es keine Touristen gab. Ich zog meine Schuhe aus und ging über den Sandstrand, der gut besucht war. Überall lagen die französischen Damen halbnackt im Licht der Sonne und ihre Brüste funkelten wie mit Salzperlen bedeckte Seeblüten. Kinder spielten Ball und tobten wie kleine Wirbelstürme über den Sand. Im Wasser surften ein paar Jungs und in der Ferne konnte ich die Segel eines kleinen Bootes erkennen. Ich suchte fast eine halbe Stunde, bis der Sand langsam weniger wurde und große Kreidefelsen vor mir auftauchten.

Mit meinem Rucksack kletterte ich über die Felsen, sah einen Punkt, von dem aus nackte Männer aus einer Höhe von gut 15 Metern ins Meer stürzten. Sofort zog ich mich aus, warf meinen Rucksack auf die Steine, stand an der Klippe, schaute kurz nach unten, nahm Anlauf und sprang die 15 Meter hinunter. Schon im Flug sehnte sich mein Körper nach der Erfrischung des Meeres. Ich tauchte tief unter, mein Herz schlug wild, als das Wasser sich über mir wieder zusammentat, ich auftauchte und mir meine Haare aus dem Gesicht wischte. Ich schrie meine Freude mit einem barbarischen Laut hinaus, schwamm lang im Meer, dicht an großen Klippen vorbei, an denen die Wellen schaumig brandeten. Später kletterte ich erschöpft die Felsen hoch, ging weiter den Berg hinauf und suchte mir einen schattigen Platz unter den Zedern. Ich lag nackt auf meinem Handtuch, öffnete die Flasche Wein, aß etwas Brot und suchte nach meinem Gras, aber verdammt, ich konnte es nicht finden, da hat mir dieser kleine Regierungsbeamte doch tatsächlich mein Weed geklaut. Deswegen hatte er wahrscheinlich auch so gelächelt.

Nun gut, ich ließ mir meine Stimmung nicht verderben, denn dies war der erste Augenblick nach Rom, in dem ich nicht traurig an Stina gedacht hatte. Ich hielt es mit dem Gras genauso wie mit dem Geld. Es ist nicht weg, es hat jetzt eben nur ein anderer. Ein paar Stunden lag ich unter den Zedern und machte ein kleines Nickerchen, ab und an kam ein nackter Mann vorbei und begrüßte mich freundlich. Als die Flasche Wein sich langsam leerte, spürte ich schon, wie mir der Alkohol zu Kopf stieg und mein Körper schwerer wurde. Obwohl ich mir eigentlich einen geeigneten Zeltplatz suchen wollte, blieb ich liegen und sah zu, wie die Sonne schimmernd rot am Horizont verschwand und wie die Sterne nach und nach den Himmel bevölkerten, wie Nomaden auf der Suche nach Heimat. Dies war ein geeigneter Platz und eine geeignete Nacht, um unter freiem Himmel zu schlafen. Ich entzündete ein kleines Feuer, legte mich in meinen Schlafsack und schaute verträumt hinauf ins Himmelszelt. Plötzlich musste ich an meine Großeltern denken, an die Sorgen, die sie sich machten, und ich fühlte mich wieder elend, ich hatte ihnen ihren Lebensabend schwerer gemacht als er eigentlich sein müsste. Aber zu welchem Preis? Um mich zu finden? Um wie ein Zen-Gammler durch die Gegend zu ziehen, Drogen zu nehmen, mich hoffnungslos zu verlieben und Schriftsteller zu werden? Unter diesen magischen, flüchtigen Himmeln zu liegen und nichts weiter zu tun, als über die Unbegreiflichkeit des Lebens zu staunen? Ich musste es irgendwie schaffen erfolgreich zu werden, nicht für mich, für meine Großeltern, damit nicht alles umsonst war, damit in allem, was ich tat, ein verborgener Sinn stecken konnte, den ich zu Anfang nicht erkannt hatte. Und vor allem musste ich mich bei ihnen melden.

So entschied ich am nächsten Tag eine Telefonzelle zu suchen. Dieser Plan verschaffte meinem schlechten Gewissen etwas Ruhe, doch anstatt zu schlafen, packte ich mein Notizheft aus und schrieb im flackernden Licht des Feuers. Manchmal fließen die Worte und sie hören nicht auf zu fließen, bevor du etwas fertiggestellt hast. Ich glaube, die Kunst ist einfach immer weiterzuschreiben, auch wenn du denkst, es funktioniert nicht, oder du stolz auf eine Formulierung bist. Zufriedenheit ist der größte Feind eines Literaten, genau wie Erfolg, oder Frauen oder Familie. Die einzigen Freunde, die ein Literat hat, sind die Einsamkeit und der Alkohol, die in einem guten Mischverhältnis zueinanderstehen müssen. Doch hast du nur von einem etwas zu viel, kannst du es vergessen und legst dich am besten schlafen.

Der Morgen lag im Himmel. Ich erwachte früh vom Geschrei der Möwen, die über einem Fischerboot kreisten, die Sonne war noch nicht ganz aufgegangen und warf nur vereinzelt Strahlen über den Berg in meinem Rücken. Lange saß ich still und nackt im Schneidersitz dem Meer zugewandt und schaute zu, wie die Sonne langsam aufging, wie das Meer wild und schön in seiner Unbarmherzigkeit gegen die Felsen schlug, wie die Fischerboote im Wind wackelten und am Horizont riesige Passagierschiffe vorbeifuhren. Überall waren Menschen, in jeder Bewegung, die nicht von der Natur bestimmt war, waren Menschen, und alle hatten sie ihre Sorgen, ihre Ängste, ihre Liebe gefunden und vielleicht wieder verloren und ohne von ihren Leiden und Wünschen zu wissen, wusste ich doch von ihnen. Denn es herrscht eine Verbundenheit zwischen allen Seelen der Welt, die ich manchmal spürte, wenn das Meer ruhig dalag und ich tief drin eine große Demut dem Leben gegenüber fühlte. Ich packte meine Sachen zusammen und ging in die Stadt, doch ich entschied mich später zurückzukommen. Es war Mittag geworden und an der Promenade war ein Bauernmarkt, auf dem Tumult herrschte – die Händler priesen lautstark ihre Waren an, köstlich aussehende Melonen, riesige Paprikaschoten und frischer Fisch aus dem Mittelmeer, sofort strömte mir der Duft der verschiedenen Lebensmittel in die Nase. Die Stadt Marseille lag an einem großen Hang und der Verkehr floss Richtung Meer. Die Häuser neigten sich zur See, aber ich entschied am Strand zu bleiben und nicht der Hektik der Einkaufpassagen zu verfallen. Unter einem riesigen Kunstwerk, das aus einem Spiegel bestand und das Licht der Sonne auf den Asphalt reflektierte, stand eine Telefonzelle. Ich warf ein paar Münzen ein, wählte die Nummer meiner Großeltern und legte sofort wieder auf. Lange stand ich mit dem Hörer in der Hand da, während auf der Straße der Verkehr toste und die Cafés voll mit Familien waren. Was hätte ich denn sagen sollen? Es tut mir leid, mir geht es gut, macht euch keine Sorgen? Nichts als dumme Phrasen! Nachdem ich lange überlegt hatte, hängte ich den Hörer ein, setzte mich auf eine nahgelegene Betonbank und schrieb meinen Großeltern einen Brief, in dem ich ihnen alles erklärte: Warum ich abgehauen bin und wie wichtig diese Reise für mich ist. Dass ich mich gefunden hatte und Schriftsteller werden will und dass sie meine Entscheidung nicht gutheißen müssen, aber wenigstens verstehen sollen. Dass ich sie liebhabe und dass es mir leidtut, ihnen solche Sorgen bereitet zu haben und dass ich bald wieder nach Hause komme und etwas aus mir machen will. Auf dem Platz befand sich eine Postfiliale; ich kaufte ein paar Briefmarken, frankierte den Brief und warf ihn in den schwarzschimmernden Schlitz des Briefkastens, mit dem Wissen eine große Schuld auf meinen Schultern zu tragen. Mich kotzten die Menschen an, weil ich mich selbst ankotzte, die Hektik der Stadt, alles war leer für mich, nichts als Papierstädte auf einer Landkarte, ich suchte wieder die Einsamkeit und nachdem ich mir genug Bier gekauft hatte, und zurück zu den Felsen der Nacktheit gewandert war, konnte ich mich in Ruhe volllaufen lassen.

Hört zu, Gott, Buddha, Mohammad, ihr alle zusammen, ihr heiligen Schwindler, mir ist ganz egal, was ihr von mir denkt, ob ich eurem Pfad der

Tugend folge oder nicht. Nur das Leben besteht nicht nur aus Liebe und Frohsinn, und eure Demut und Askese könnt ihr euch sonstwohin stecken, ich bin demütiger als ihr es je sein könnt, denn ich bin ein Mensch und ihr seid Götter. Nur verdammt nochmal: Was ist euer Plan für mich? Musstet ihr mich so verrückt machen, so rastlos und immer mehr wollend? Hättet ihr mir nicht das Glück einer einfachen Liebe schenken können? Und einen Job als Gärtner und die Eigenschaft damit zufrieden zu sein? Aber nein, ihr schickt mich durch halb Europa, lasst mich auf der Straße pennen, Drogen nehmen, nur um mir zu zeigen, dass dieses Leben mich auch nicht wirklich glücklich macht. Um mir zu zeigen, dass ich mich in den unergründlichen Tiefen meiner Seele auch nach Heimat und Familie und einem kleinen Haus am Waldrand sehne. Vielleicht würde es einen kleinen Teich dort geben, wo Fische im Mondlicht zum Himmel springen und vielleicht hätte ich das große Glück, eine Frau zu finden, die ich wirklich liebe und die die einsamen Stunden mit mir teilt. Eine Frau wie Stina. Wir würden uns in der Natur verlieren und auf den Waldwegen eine zweite Kindheit erleben. Wir würden am Feuer sitzen und den Rehen im Unterholz lauschen und vielleicht würde es ein Schild dort geben, auf dem geschrieben steht: Das ist das wahre Leben.

Stattdessen lag ich nackt und betrunken auf einem Hügel, wieder unter den Zedern, die mir die Nacht zuvor guten Schutz geleistet hatten, und wartete darauf, dass irgendetwas passierte. Nur stundenlang passierte gar nichts, das Meer war das Meer, die Sonne die Sonne und ich schaute den Moskitos zu, wie sie mir Blut abzapften, ohne etwas dagegen zu machen. Doch dann kamen zwei nackte Typen vorbei und fragten mich, ob sie sich zu mir setzten dürften.

»Ist ein freies Land hier«, nuschelte ich angetrunken.

Der eine hatte graue kurze Haare und eine Sonnenbrille auf, war etwa um die 40 und sein Schwanz und seine Eier hingen schon tief. Der andere schien jünger zu sein, vielleicht mein Alter, mit trainiertem Körper und langen schwarzen Haaren, die ihm über seine muskulösen Schultern fielen.

Sie stellten sich als Leon und Franzis vor und der Ältere musterte meinen Körper. Dann reichte er mir seinen Joint, den ich noch nicht bemerkt hatte und der zwischen seinen langen Fingern qualmte.

»Yeah, das ist genau das, was ich jetzt brauche! Ich bin Noan.«

»Und, Noan? Was machst du hier?«, fragte Franzis.

»Ich bin auf Reisen und wollte eigentlich ein Nickerchen machen.«

»Du hast ja schon ordentlich getankt«, sagte Leon und deutete auf die sechs leeren Flaschen, die vor mir auf dem Boden lagen. Dann redeten sie ein paar kurze Sätze auf Französisch und lachten.

»Was ist los?«, schrie ich auf.

»Nichts, nichts, alles gut, Franzis meinte gerade nur, dass du einen schönen Schwanz hast.«

»Okay, Jungs, hört mal zu, mir ist egal, was ihr so treibt und ich finde jeden Ausdruck der Liebe schön, aber ich bin nicht schwul.«

»Und was machst du dann hier?«

»Wie, was ich hier mache? Habe ich doch gerade gesagt: ein Nickerchen.«

»Dieser Felsen ist ein Schwulentreff in Marseille, hier kommen die Homos hin, um zu vögeln. Hast du nicht die ganzen Kondome gesehen?«

»Nein, habe ich nicht bemerkt, aber stimmt, jetzt wo du es sagst, ich habe hier noch keine Frau gesehen.«

Wir fingen alle an zu lachen.

»Mich wundert es, dass einen solch schönen Jüngling noch niemand angesprochen hat.«

»Mhh ... weiß nicht, ich habe viel geschlafen.«

»Stört es dich denn, wenn wir hierbleiben?«

»Nein, kein Stück, ich bin froh etwas Gesellschaft zu haben.«

Wir unterhielten uns über die Mosel und über Köln, die Hochburg der schwulen Liebe Deutschlands und ihre Erlebnisse dort im Bermudadreieck, der Gay & Lesben-Meile.

Leon erzählte mir, dass er zwei Galerien in Marseille und Paris betreibe und dass er mit Franzis viel unterwegs sei. Dann küssten sie sich.

»Komm, lass uns ins Wasser, ist zu heiß hier«, sagte Franzis und sprang auf. »Kommst du mit?«

»Ja, mir wird es langsam auch zu heiß. Außerdem gibt es nichts Besseres als betrunken, bekifft und nackt zu schwimmen.«

»Halleluja, da hast du recht.«

Wir sprangen wie drei wilde Hunde von den Felsen, kletterten wieder hoch und sprangen erneut, bis wir völlig erschöpft auf dem Rücken im Meer lagen und uns treiben ließen.

»Das nenn ich Leben, einfach so dahintreiben. Weißt du, im Meer sind wir alle gleich, vor allem wenn man nackt ist. Ganz egal, was du sonst so machst. Hier bist du Mächten ausgesetzt, die du nicht kontrollieren kannst, du kannst dich ihnen nur hingeben und hoffen, dass sie dir wohl gestimmt sind«, sagte Leon.

Erfrischt und etwas schlapp gingen wir wieder zu unserem Platz zurück. Als ich meinen Rucksack auspackte und nach meinem Handtuch suchte, sah Leon meine Notizhefte.

»Oh, du schreibst?«

»Ja, ich bin gerade dabei einen Roman zu schreiben. Ich hoffe, dass es irgendwie klappt. Bis jetzt habe ich es mit Gedichten versucht, aber irgendwie habe ich keine Lust mehr darauf, auf so viele Worte zu verzichten. Jetzt will ich lange, verrückte Sätze, ohne Anfang und ohne Ende schreiben. Sätze, die sich überrunden, bei denen ich am Ende gar nicht mehr weiß, worum es am Anfang ging und die zu anderen Momenten ausschweifen. Zu einem Sonnenuntergang, der gar nichts mit der Situation zu tun hat, oder einer schönen Flasche Whisky, die in irgendeinem Schaufenster glitzerte, oder einer Zeitung, die irgendwo auf dem Gehweg rumflatterte und auf der irgendwas mit Untergang oder so einem Scheiß stand, oder dem Kleid einer Frau, die auf einem Fahrrad an mir vorübergefahren ist und der ich für einen kurzen Augenblick unter ihr weißes Kleid schauen konnte und feststellte, dass sie kein Höschen trug und ich ihre rosafarbenen Lippen sah, die schüchtern aufblitzen und geheime Wünsche weckten und ich mir selbst dachte: Da soll mich einer holen. Was ein Teufelsweib!«

»Holy, Holy ... Was ist denn mit dir los?«

»Verdammt, ich bin ganz schön breit.«

»Komm doch heute mit in meine Bude. Franzis kommt auch mit und wir machen uns einen entspannten Abend auf der Dachterrasse, bei Champagner – und was für die Nase habe ich auch.«

»Gerne, ich hab die letzten Tage nicht besonders gut geschlafen. Dieses scheiß Zelt: Wenn es heiß ist, schwitzt man sich die Seele aus dem Leib, und bei Regen tropft es ständig von der Zeltinnenwand.«

Wir packten zusammen und gingen einen Wanderpfad den Berg hinunter zum Parkplatz. Von beiden Seiten nahm ich das Zirpen der Zikaden wahr. Leon und Franzis stiegen in ein weißes Porsche Cabriolet.

»Sag mal, was hast du denn für eine Karre? Läuft wohl gut, das Geschäft mit der Kunst.«

»Ich kann mich nicht beklagen«, sagte er und zwinkerte mir zu. Leon startete den Wagen, Franzis drehte die Musik auf und wir brausten los in der Erregtheit unserer nackten Körper, denn wir hatten uns nicht angezogen. Fuhren mit lauter Musik durch die Stadt, fuhren die Hügel hinauf zu einer großen Villa, die sich in die Felsen schmiegte.

»Nee ... Das ist deine Bude?«

»Sicher doch! Oder warum denkst du bleibt Franzis bei mir? Bestimmt nicht, weil ich so eine weiche Haut habe.«

Wir fuhren durch ein großes Tor auf ein riesiges Anwesen, parkten das Auto, stiegen aus und gingen unter einem majestätischen Torbogen hinein. Ich war platt von diesem Luxus.

»Sag mal, so viel verdient man doch nicht als Galerist.«

»Das stimmt! Aber meine Eltern waren sehr wohlhabend und ich war ihr einziger, abtrünniger schwuler Sohn, ohne Kinder.«

Die riesige, hölzerne Dachterrasse glänzte unter dem weiten Himmel Marseilles und der Pool lag ruhig auf einer Ebene mit den von der Sonne verblichenen Holzdielen.

»Warte, ich hol mal was zu trinken.«

»Verdammt, ist das schön hier!«, sagte ich zu Franzis.

»Ja, er hat es schon gut – und ich natürlich auch.«

Dann kam Leon wieder nackt angewatschelt mit einer Champagnerflasche und einem Spiegel in der Hand, er ließ den Korken in die Luft ploppen und schenkte uns ein. Er schüttete das ganze Päckchen Koks auf den Spiegel, die Hälfte flog mit dem Wind davon, doch ihm schien es egal zu sein.

»Koks ist die Droge der Götter! Nimm dir so viel, wie du willst, sei ein Gott, aber pass auf: Das ist was anderes als das, was man so auf der Straße bekommt, das ist pures Kokain aus Kolumbien.«

Und schon mit der ersten Nase spürte ich den Rausch durch meinen ganzen Körper. Weißes Pulver. Homogötter. Hungrige Herzen. Karibische Träume. Kokawahn. Wörter und Wellen. Pulsschlag. Aderkönig. Implosionen. Schimmertanz und Sonnengebet. Zeit und Atem und Zug. Eine unsterbliche Seele.

»Heilige Scheiße«, rief ich und stürzte mich in den Pool.

»Alles okay, Mann?«

»Ja, alles prima, alles wunderbar, es könnte nicht besser sein, es ist so schön hier und der Ausblick und das Wasser und ihr, ihr seid so toll.«

Ich war sowas von dermaßen drauf, dass ich durchgehend redete.

»Sag mal, hast du auch Musik hier? Ich würde jetzt echt gern Musik hören, laut Musik hören und tanzen, schaut mal der Himmel in seiner Unerklärlichkeit, wie er bewegungslos und ohne Reue auf uns hinabsieht. Das alles war schon immer da!«

Franzis kümmerte sich um die Musik, und als ich die deepen Melodien aus den Boxen wahrnahm, war ich im Paradies und tanzte nackt auf der Dachterrasse im Abendlicht, wir waren Götter, vollgekokste Götter auf dem Dach der Welt.

»Willkommen im Olymp!«, sagte Leon zu mir und fing an wild mit Franzis rumzuknutschen. Sie fickten vor meinen Augen und ich ließ mich in die Melodien der Musik fallen, Leon fragte, ob ich mitmachen wolle und ich lehnte dankend ab, aber gab beiden einen Kuss und ließ sie dann weiter machen, setzte mich an den Rand des Daches und meine Füße baumelten in der Schwerelosigkeit des Abgrundes. Ich schaute über Marseille hinweg zum Meer, das wie ein langer blauer ozeanischer Teppich dalag und wellenförmig über meine Augen wanderte, von hinten hörte ich den Sound der Musik und das Stöhnen der beiden wie ein Klang wahrer Lust. Um ehrlich zu sein hatte ich mich schon oft gefragt, wie es wohl mit einem Mann sein würde, und, verdammt, wenn ich die beiden so ansah, sie wussten zu lieben! Beide kamen gleichzeitig, hingebungsvoll versunken in dem wundersamen Gefühl eines Homoorgasmus lagen sie aufeinander, Franzis auf Leon, und sie waren wie Ying und Yang, alt und jung, Frieden und Krieg, und ich hörte ihr Stöhnen wie einen wilden Aufschrei der Begierde. Für mich war es das schönste, was ich je gesehen hatte, denn ich fühlte, dass die beiden sich so innig liebten, dass nichts anderes als sie in diesem Augenblick eine Rolle spielte, eine Hingabe an den Moment der Liebe und an die Lust. Als die beiden danach Arm in Arm auf dem Boden lagen und sich voller Glück und Zufriedenheit in die Augen sahen, da erlebte ich einen Atemzug wahrer Liebe in meinem Leben. Genau danach sehnte ich mich, und ich musste mich zwingen nicht an Stina zu denken, an die von Liebe erfüllten Nächte.

Diese zwei schwulen Männer waren liebende Götter.

»Komm zu uns«, sagte Leon, öffnete seine Arme und ich legte mich zu ihnen.

»Hey Leute, das sah so wunderschön aus.«

»Das war es auch«, sagte Franzis und gab Leon einen Kuss.

Wir lagen alle drei Arm in Arm nebeneinander, reichten den Champagner umher und dachten nicht an Morgen, so wie ich jeden Moment in völliger Hingabe dem Leben gegenüber genoss.

»Noan, wenn du ein paar Tage hierbleiben willst, kannst du das gerne machen, ich hab hier sogar irgendwo noch eine alte Schreibmaschine. Ich muss tagsüber in die Galerie, aber bleib doch hier und arbeite an deinem Roman, ich will mehr von den verrückten Sätzen hören und lesen. Wir würden uns sehr freuen, oder Franzis?«

»Ja, Mann, bleib doch! Und wenn du keine Lust mehr hast, ziehst du eben weiter.«

»Yeah, wie kann ich bei euch und dieser Aussicht ablehnen, Danke.«

»Dafür nicht! Wir fassen dich auch nicht an.«

»Außer er will es.«

Wir lachten und waren tief versunken in den Augenblick der Lust, der hinaufstieg in die schwarz werdende Nacht, um sich mit Jupiter zu vereinigen.

Die nächsten Tage verbrachte ich durchgehend bis zum Abend mit Leons alter Schreibmaschine auf der Dachterrasse. Am Morgen stellten die beiden mir ein Tablett mit Frühstück vor mein Zimmer, mit frisch gekochten Eiern und noch warmen Brötchen und duftendem Kaffee und jedes Mal lag eine kleine Nachricht für mich dabei:

Hab einen schönen Tag und viel Erfolg beim Schreiben, Süßer!

Neben der Schreibmaschine hatten sie mir einen Beutel mit Gras und etwas Koks hingelegt und ich fühlte mich wirklich willkommen bei ihnen. Diese zwei Männer waren wahrhaftig schwule Engel mit heiligen und gütigen Schwänzen. So verbrachte ich meine Tage im Sonnenschein über meine Notizen gebeugt auf der Dachterrasse und hämmerte wie wild in die Tasten der ratternden Schreibmaschine. Am Abend kamen Leon und Franzis zurück und wir fuhren in die Stadt, gingen fein essen. Ich traf ihre Freunde, ein großer Haufen aus Transgender, Transmännern, Transfrauen, eine Gruppe Menschen, die sich betranken, kifften, Koks von der Messerspitze des Geschirrs zogen und frei waren, frei von jeder Genderdefinition, die einfach nur Menschen sein wollten, mit Ausdruck und Liebe unter dem göttlichen Himmel ihrer Leben. Und dabei hatten sie richtig Spaß!

Es waren Tage des Überflusses und des Glücks. Die beiden zeigten mir ihre Galerie Art e's Homo, in welcher ausschließlich schwule Künstler ihre Werke ausstellen durften – und es waren Meisterwerke, die nur so vor Sex strotzten und lebendig in ihrem Farbspiel waren. Genauso hatte ich mir immer gute Kunst vorstellt. Ständig zogen wir Koks, rauchten Gras und die Worte flossen, ergossen sich über mir wie ein Niagarafall aus Gedanken. Nachts, wenn Leon und Franzis schliefen, setzte ich mich auf die Dachterrasse und schrieb, vor mir das ruhende Marseille, die Lichter hinaufsteigend, dahinter ein dunkles Meer und das Strahlen eines Leuchtturmes, der rotierend die seidige Wasseroberfläche glitzernd beleuchtete. In diesen Tagen schlief ich fast gar nicht, ab und an mal ein oder zwei Stunden, doch ich konnte einfach nicht aufhören zu schreiben. Es war wie ein Rausch, die Worte ratterten durch meinen Kopf und oft vergaß ich zu essen, zu trinken und mich zu waschen.

Nach etwa zwei Wochen, in denen sich Sommer und Herbst vereint hatten und in denen ich fast durchgehend geschrieben hatte, war die Rohfassung meines Romans fast fertig. Ich gab sie den beiden zu lesen, legte mich in mein weiches Bett und schlief ganze zwei Tage durch. Als ich erwachte, saßen Leon und Franzis auf der Terrasse und frühstückten.

»Na, von den Toten auferstanden, mein Lieber?«

»Noch nicht so wirklich, aber es geht schon.«

»Iss erstmal was. Wir haben deinen Roman gelesen und er ist wirklich gut, es fehlt jedoch ein Ende.«

»Ja, mir ist bis jetzt kein passendes eingefallen.«

»Ach, das kommt bestimmt noch. Du hast wirklich das Talent, die Dinge ohne Scheuklappen zu beschreiben. Hast du das alles so erlebt?«

»Ja, fast. Wie Goethe schon sagte: Eine gute Geschichte besteht aus Dichtung und Wahrheit.«

»Also, wir müssen heute wieder nach Paris fahren, weil ich dort zu einer Ausstellungseröffnung muss. Willst du mitkommen? Ansonsten kannst du auch noch ein paar Tage hierbleiben.«

»Ich komm natürlich mit! Ich glaube, ich muss langsam wieder in die Heimat, irgendetwas zieht mich nach Hause – und Paris liegt auf dem Weg.«

»Dann machen wir uns noch ein paar schöne Tage in Paris. Leg dich ruhig nochmal aufs Ohr, ich weck dich dann früh genug. Und geh mal duschen, du stinkst wie ein bengalischer Tiger.«

Auf der Autobahn in einem Landrover, der mit 200 Sachen über die Straße schoss, sah ich die Landschaft am Fenster vorbeiziehen, ein endloser Film aus Feldern und Städten und Bäumen und Flüssen und Burgen und Tankstellen.

Als wir in Paris einfuhren, schlief ich und erwachte erst wieder vor dem Hochhaus direkt am Bois de Boulogne, in dessen obersten und damit 12. Stock sich das Penthouse von Leon befand. Die Seite zum Park hin war verglast und man hatte einen wunderbaren Blick auf den Eiffelturm. Während ich fasziniert aus dem Fenster blickte, Paris halb im Dunkel der malerischen Nacht glitzern sah, warf mir Leon einen Anzug auf die Sofalehne.

»Der müsste dir passen. Damit du heute Abend auch gut aussiehst.«

Wir machten uns alle frisch, ich zog den Designeranzug an, in dessen Innentasche sich 200 Euro befanden.

»Ey, Leon, hier ist noch Geld drin.«

»Du Dummerchen, das ist für dich, damit ich dich heute Abend nicht die ganze Zeit einladen muss.«

»Das kann ich nicht annehmen.«

»Doch natürlich, ist doch nur Geld. Also halt den Mund und steck es ein.«

»Das ist schon okay«, sagte Franzis, der gerade nackt aus dem Bad zu uns trat.

Der Anzug fühlte sich gut an. Wir zogen jeder noch eine Line und gingen los. Vor dem Haus wartete ein Wagen, der uns zur Galerie brachte. Angekommen, stiegen wir wie eine Boyband aus dem Wagen, stolperten über den roten Teppich, ohne dass irgendwelche Fotografen in der Nähe waren, ließen uns die Tür von einem Security öffnen und fanden uns in einem riesigen Gewölbesaal, in dem Hunderte von Gemälden hingen, wieder.

»Wir eröffnen heute die afrikanische Woche: Alle Gemälde hier sind von Künstlern, die geflüchtet sind und jetzt in Europa leben. Der hier lebt jetzt sogar in Deutschland.«

Leon deutete auf ein wunderbares, riesiges Gemälde von einem Baum, das aus Textilien und Acryl gemacht war, unter dem Gemälde hing ein Zettel BaoBab – The Holy Tree // Lune Ndiaye 2015.

Leon und Franzis stellten mich ihren Freunden vor, die alle ganz reizend waren. Die Frauen waren hübsche Französinnen, elegant, so um die 30; mit einer von ihnen verschwand ich im Kokainrausch auf der Toilette, drehte sie um, zog ihr Kleid über ihren flachen Arsch bis zum Bauch hoch und fickte sie in der Dunkelheit. Wir verabschiedeten uns mit einem Kuss, ohne den Namen des anderen zu wissen. Ich tauchte in die Welt der französischen Kunst-High-Class ein, wie ein Reisender, der in viele Welten eintaucht und wieder verschwindet und doch aus jeder Welt das beste mitnimmt.

Die Eröffnung war nach zwei Stunden vorbei und Leon führte uns in einen dunklen, nebligen Club. Die Bässe dröhnten schon von draußen und unter dem Einfluss der Drogen freute ich mich, ohne Einschränkung zu tanzen und zu schweben …

Durch die Tür hinein sah man nur die Umrisse Hunderter Köpfe im Stroboskopgeplänkel des Clubs.

»Komm mal mit«, flüsterte mir Leon ins Ohr und wir gingen auf die Toilette. »Hast du Lust auf eine Dröhnung, die dich in eine ganze andere Welt bringt?«

»Was ist das denn?«

»DMT – das gaukelt dem Körper vor, dass du sterben wirst und setzt die gleichen Endorphine frei. Dieses weiße Licht am Ende des Tunnels und so weiter. Das kommt vom DMT.«

»Ja, gib schon her!«

Ich nahm die Ölpfeife, in der das DMT langsam schmolz, und atmete tief ein. Wir gingen zurück auf die Tanzfläche und tanzten schwitzend in der Menge. Die Wirkung setzte ein und traf mich wie ein Faustschlag von Bud Spencer. Auf einmal konnte ich von jedem Menschen die Aura erkennen und jede Aura hatte eine andere Farbe. Leon umgab einen roten Schimmer, Franzis leuchtete grün und meine eigene Aura wechselte zwischen Gold und Blau – ich fand mich in einem Farbenlichtmeer wieder. Wir waren Lichtgestalten in der Dunkelheit des Raumes, strahlend wie Leuchtfeuer, brannten aus, und, als wir uns umarmten, flossen alle Farben ineinander. Es war, als wäre die Musik in meinem Kopf. Wir stiegen hoch zur Decke, ein Regenbogen der Lust, eine Vision des Lebens, unendlich dahin zu treiben, unendlich frei, wie ein Licht, das niemals verglüht …

An mehr kann ich mich nicht mehr erinnern. Als ich am Morgen aufwachte, lag ich auf der Couch in Leons Penthaus und wusste nicht wie ich hierhergekommen war. Nach diesen Lichtern war dort nur noch eine große Dunkelheit.

»Hallo«, hörte ich es flüstern, als ich vor dem Spiegel stand und mir das erste Mal seit Tagen mein eingefallenes Gesicht ansah. Ich ging aus dem Badezimmer hinaus und rief nach Leon und Franzis, doch niemand war da, nur dieses Flüstern. Da sah ich den Zettel auf dem Tisch liegen: Wir sind im Delphin, direkt um die Ecke, komm dahin, wenn du wach bist.

Und wieder dieses Flüstern, das mir bis ins Mark ging: »Hallo«, und ich erkannte in der Stimme etwas von meiner Großmutter, aber es war nicht nur ihre Stimme, sondern ich erkannte auch meine eigene darin, die immer lauter in meinem Kopf wurde.

»Lauf, lauf!«

Ich saß mit gesenktem Kopf auf dem Sofa und strich mir mit den Händen durch die Haare: Woher kam nur diese Stimme? Auf eine seltsame Weise war sie wirklich.

»Weg / allein / wohin nur in der Nacht« – es waren nur einzelne Worte und unzusammenhängende Fragmente, mal lauter, mal leiser. Und ohne darauf zu warten, dass es besser wurde, packte ich meine Sachen und verschwand, hetzte durch die Straßen zum Bahnhof, suchte einen Zug und wusste: Der einzige Ort, an dem ich jetzt sein wollte, ist Zuhause.

»Willkommen, Herr Wahnsinn!«

Teil V

Samsara

Ich lieferte mich selbst in eine psychiatrische Klinik in der Nähe meines Heimatortes ein, doch ich sagte niemandem Bescheid und ließ meine Großeltern in Ungewissheit über meinen Zustand.

Die offene Station war ein trauriger Ort, nur wenige Bilder hingen an den Wänden. Ein weißer Aufenthaltsraum, in dem ein langer Tisch stand und von dem die einzelnen Patientenzimmer abgingen, und hinter einer Glaswand saßen die Krankenschwestern gelangweilt und blätterten in Illustrierten.

Nachdem ich fast eine Stunde im Aufenthaltsraum gewartet hatte, kam der Psychiater zu mir und führte mich für das Aufnahmegespräch in einen abgesonderten Raum.

Der Arzt war ein groß gewachsener Mann mit blauunterlaufenden Augen.

»Herr Frowin, Sie haben sich selbst eingeliefert, was fehlt Ihnen denn?«

»Ich komme gerade aus Paris. Ich war auf Europareise und seit gestern höre ich ab und zu eine Stimme in meinem Kopf. Also, ich muss dazu sagen, ich hab die letzte Zeit sehr viele Drogen genommen.«

»Dann schauen wir mal ... Wie lange waren sie denn unterwegs?«

»Ich kann es ihnen nicht sagen, mir kommt es vor wie ein ganzes Leben.«

Ist es nur eine Stimme oder mehrere? Und wirkt sie bedrohlich oder friedlich?«

»Es ist nur eine Stimme, es ist fast wie ein Murmeln unzusammenhängender Worte.«

»Dann schauen wir mal.« Das sagte er ständig und nickte dabei verständnisvoll.

»Wir stellen Sie erstmal ein und solange bleiben Sie hier. Schwester Karin wird Ihnen jetzt noch ein paar Fragen stellen und dann kommen Sie erstmal zur Ruhe.«

Ich dankte dem Arzt für seine Hilfe. Dann nahm er seine Notizen und verschwand aus dem Raum. Die Krankenschwester fragte mich nach Vorerkrankungen in meiner Familie, während mein Blick auf ihrer alpinen Brustlandschaft lag. Ich erzählte ihr vom Suizid meiner Tante, von der Schizophrenie meiner Mutter, während sie stetig nickte und alles notierte. Sie fragte danach, welche Drogen ich in letzter Zeit konsumiert hatte und ich begann mit einer langen Aufzählung: Alkohol. Gras. Speed. MDMA. Kokain. Opium. DMT. Ob ich eine Abhängigkeit verspüre, fragte sie mich und ich verneinte. Dann begleitete sie mich zu meinem Zimmer und ich folgte ihr durch den langen, weißen Gang. Unter dem hellen Röhrenlicht schienen die Gesichter der anderen Patienten noch tragischer, noch trauriger als ich sie zuvor erahnt hatte.

»Sie haben Glück, wir haben nur noch ein Einzelzimmer frei, sonst ist alles belegt.«

Das Zimmer war lieblos eingerichtet, alte Gardinen hingen matt von der Decke, ein klappriges Bett und ein kleiner Schreibtisch mit einem Stuhl davor – mehr gab es nicht. Schwester Karin gab mir meine Bettwäsche, dann sagte sie: »Kommen Sie erstmal an, um 18 Uhr gibt es dann Abendbrot.«

Sie schloss die Tür und ich blieb alleine im Raum zurück, legte mich auf das unbezogene Bett und starrte die weiße Decke über mir an. Wie konnte es bloß soweit kommen? All die Jahre hatte ich stets versucht, den Schmerz zu verdrängen und zu betäuben. Die Erfahrungen meiner Kinderjahre lagen nun ausgebreitet vor mir. Hatten diese Erinnerungen denn wirklich einen so großen Einfluss auf mich gehabt? Waren es die Schläge, die Wiederholungen der Enttäuschungen, die mich zu diesem Punkt getrieben hatten – zur Zerstörung des eigenen Selbst?

Ich hatte es wirklich übertrieben mit den Drogen und jetzt lag ich in einem Bett in einer Anstalt und hoffte darauf, wieder gesund zu werden, denn auch wenn die Stimme fast verschwunden war, bereitete sie mir große Furcht und ich verstand noch nicht ganz, was mit mir geschehen war.

Am nächsten Morgen stellte ich mich das erste Mal zur Tablettenausgabe an. Mir fiel es schwer, mich wieder an einen normalen Tagesrhythmus zu gewöhnen, und in der Nacht hatte ich nicht gut geschlafen. Ich hörte aus den anderen Zimmer Schreie, Sirenen des Wahnsinns, die sich über die ganze Station legten.

Wir waren etwa 20 Leute, die in einer Reihe vor dem Schwesternzimmer standen und auf ihre Dosierung warteten: viele Männer mittleren Alters und ein paar junge Frauen mit verbundenen Pulsadern. Während der Großteil mit gesenktem Kopf auf den Boden schaute, waren ein paar völlig Durchgedrehte dabei, die ständig etwas vor sich hinmurmelten – genau wie Dichter, denen in den Straßen einer Stadt Textzeilen in den Sinn kommen. Einer hatte ein langes Leinennachthemd an und lange braune Haare, hinter denen er sein bleiches Gesicht verbarg. Er redete die ganze Zeit mit sich selbst und trug keine Schuhe. Einer behauptete, dass er ein Prophet sei und die Liebe zurück in unser aller Leben bringen wolle; er tänzelte kreisend umher: »Ich bin die Liebe«. Zu dieser frühen Stunde ging er mir schon gehörig auf die Nerven.

Als ich an der Reihe war, fragte ich die Schwester, was ich denn überhaupt da bekommen würde. »Das müssen Sie den Arzt fragen!« Nur war hier weit und breit kein Arzt zu sehen. Wie ich später erfuhr, waren es Neuroleptika. Die nächsten Wochen und Monate vergingen wie in einem Rausch, aber es fühlte sich nicht wie ein lebendiger Drogenrausch an, sondern wie ein abgestumpfter Rausch: An manchen Tagen hatte ich nicht mal genug Kraft, um aus dem Bett zu steigen, ich lag mit geöffneten Augen da, doch spürte keinerlei Leben mehr in mir, wie hohl war meine Seele geworden und blind für jegliche Schönheit. Vielleicht war es das einzige Mal in meinem Leben, dass ich die Dinge sah, wie sie waren. Keine pathetischen Bezugsflächen, in denen ich mich verlieren und träumen konnte. Der Himmel war der Himmel, nichts als ein Gewebe über mir. In mir hatte jede Betrachtung längst ihre Schönheit verloren. Meine Traurigkeit ließ den Himmel müde über mir hängen, die Strahlen der Sonne waren nur noch Licht. Die Außenwelt schien sich in einen Zustand verwandelt zu haben, in dem alle Dinge eine Aufgabe hatten und ihr folgten. Die Sonne brachte Licht, ein Stuhl war zum Sitzen da, die Krankenschwestern und Ärzte machten ihren Job. Alles folgte einem geregelten Ablauf, der keinen Spielraum für Poesie und Träume zuließ. Oft versuchte ich mich an den Schreibtisch zu schleppen, um an meinem Manuskript zu arbeiten, aber es war unmöglich! Die aufgeschriebenen Worte wurden zu Hieroglyphen und verschwammen zu einem großen Haufen Tinte.

Der erste Schnee des Winters fiel auf die leblosen Felder hinab und ich schaute resigniert aus dem Fenster. Nichts war mehr übrig von den Sonnenaufgängen am Morgen meiner Reise, von den Verknüpfungen aus Licht und Blumen, den weiten Meeren und Bergen, die mir so vertraut geworden waren. Keine der von Freude durchzogenen Augen meiner Bekanntschaften, der großen übernatürlichen Sehnsucht, die mich trieb und glücklich machte. Alles war verschwunden. Der Arzt riet mir, noch zwei Wochen hierzubleiben, und ich willigte ein. Doch am Morgen, wenn die Tabletten ausgeteilt wurden, nahm ich sie in den Mund, behielt sie dort, bis ich wieder in meinem Zimmer war, dann wickelte ich sie in ein Taschentuch und verstaute sie unter meiner Matratze.

An einem Morgen, ich kann nicht genau sagen, welcher Tag, welcher Monat, es war – jedenfalls Winter, da sprach mich einer der Patienten an.

»Na, neu hier?«, fragte er, fast flüsternd, und war dabei von einer großen Ruhe umhüllt.

»Kann man wohl so sagen.«

»Darf ich raten, warum?«

»Natürlich.«

»Drogenkonsum?«

»Ganz genau, woran hast du es erkannt?«

»Ich sehe mehr, als das Auge sieht.«

»Und bei dir so, warum bist du hier?«

»Meine Seele befindet sich einer Reinkarnationsphase. Wir werden jeden Tag neu geboren, Teile von uns finden zurück in die Welt und ich übe mich in Askese, um diese Teile ganz und gar in mich aufzunehmen, und dafür brauche ich ein unbelastetes Umfeld. Ich bin übrigens Bud.«, sagte er und streckte mir seine weiche Hand entgegen.

»Wofür steht denn Bud, doch nicht für Buddha, oder? «

Wir lachten.

»Ach, nein, es steht für Burkard, aber ich versuche, mich von allen Stigmata zu befreien, die mir auferlegt worden sind.«

»Freut mich, Bud, ich bin Noan.«

»Sag, Noan, hast du nicht Lust, eine Runde durch die Wälder zu spazieren, der erste Schnee bedeckt das Land und ich wäre gerne dabei, wenn alles sich in Schweigen hüllt.«

»Sehr gerne, ich halte es hier sowieso nicht mehr aus, hier wird man ja noch verrückt.«

Bud war ein weißhaariger, sanfter Mann um die 50, er hatte sich dem Buddhismus und der wahren Existenz und Verwandlung seiner Zellen verschrieben. Er saß meist in Meditation versunken in seinem Zimmer und kein Geschrei, keine tölpelhafte Schwester, die die Tür laut ins Schloss fallen ließ (vielleicht mit Absicht) konnte ihn aus den Tiefen seiner Meditation reißen. Wir sagten den Krankenpflegerinnen Bescheid, zogen unsere Jacken an und gingen hinaus aus dem weißen Kastenkrankenhaus, über den Parkplatz, Richtung Wald.

»Also, Bud, du sagtest eben etwas von Reinkarnation, erzähl mir mehr davon.«

»Es ist ganz einfach, Noan, wir verwandeln uns stetig. Von Stunde zu Stunde verändert sich unsere Seele, mit allem was sie aufnimmt, sieht, fühlt, alles wird zur Erinnerung in uns. Wir tragen Spuren des Erlebten in uns und nichts davon ist schädlich, sondern lässt uns beständig durch die Landschaften wandern, die unsere Seele ins uns errichtet hat. Es ist ganz egal, welchem Glauben wir angehören, der Glaube ist doch immer eine Reflektion der Seele. Er spiegelt unsere Gedanken, Gefühle in etwas hinein, macht es greifbar, erlebbar und so bekommen wir einen Zugang zu unserem eigenen Innenleben. Sag, Noan, versteht du?«

»Ich glaube schon. Ist es nicht so, dass wir unsere eigene Weisheit in uns tragen, zwar noch verschlüsselt und verschlossen, aber sie sich, sobald wir einen Zugang zu ihr gefunden haben, uns offenbart, und dieser Zugang ist die Religion?«

»Fast«, antwortete er, während wir den Wald erreichten, auf einem mit leichtem schneebedeckten Feldweg spazierten und die weißen Wipfel der Bäume wie Kristalle unter der Wintersonne glänzten.

»Der Glaube ist nicht Zugang, sondern Ausdruck der Seele. Du trägst so viele Welten in dir, jeder von uns, und diese Welten sind Rätsel, Rätsel deines Selbst. Jedes In-sich-kehren, Innehalten entwirrt so vieles in dir, macht dich Schritt für Schritt vollkommener, denn nur darum geht es doch im Leben. Den Kreislauf zu durchbrechen, um eine Art Vollkommenheit zu spüren, um ganz und gar Körper und Geist zu sein. Aber jetzt, lieber Noan, da wir den Wald erreicht haben, lass uns Stille üben und den Bäumen lauschen. Sie wissen mehr als wir alle.«

Wir spazierten bis zum Sonnenuntergang still durch den Wald und unsere Seelen wurden dabei zu Wäldern, jedes Rascheln im Unterholz, jeder Schwingenschlag der Spatzen, jedes Tropfen des geschmolzenen Schnees auf den Ästen, alles wurde Seele und war damit vollkommen!

Und im Laufe der nächsten Tage spürte ich, wie meine Lebensgeister zurückkehrten. Vielleicht lag es an Bud, aber ich versuchte mich nicht mehr vor diesem scheinbaren Wahnsinn in mir zu verschließen, sondern ich nahm alles an, Teile meines ungeliebten Ich nahm ich auf und lernte so, all mein Erlebtes in meiner Seele zu umarmen. Ich beteiligte mich an der Kunsttherapie, spielte mit den Patienten spannende Tischtennispartien und ging nun jeden Tag für einen Spaziergang in den Wald. Als ich an einem sonnigen Nachmittag zurück in die Station kam und die Tür zu Buds Zimmer auftat, war er verschwunden. Ich ging zur Krankenpflegerin und fragte sie, wo er sei und sie antwortete nicht, wollte oder durfte es mir nicht sagen und ich war traurig und auch verletzt, aber Bud in seiner buddhistischen Heiligkeit war und ist ein Sonnenstrahl, der im Winter zwischen den Ästen hängt.

Nun war diese Station wieder ein trauriger Ort. Alle hatten hier etwas mit Drogen zu tun, daher gab es hier nur Beschäftigungstherapien (Malen zum Beispiel), ansonsten vermissten wir wirkliche psychologische Unterstützung und Gesprächstherapien. Die Treffen mit dem Psychiater dauerten meist nur 15 Minuten und waren zu kurz, um zu den grundlegenden Ursachen unserer Störung und Sucht zu gelangen. Mir schien es fast so, als ginge es hier nicht um Heilung, sondern um Verwahrung, die Leute rannten kreuz und quer über die Station, während die Krankenpflegerinnen irgendwelche Formulare in ihrem Zimmer ausfüllten.

»Verdammt, das kann doch nicht sein, dass sich hier niemand wirklich um die Leute kümmert«, sagte ich zu Fred, einem alten Alkoholiker, der so gut wie jedes Jahr ein paar Wochen auf dieser Station verbrachte, um dann später wieder zurück zu seiner Frau zu gehen und zu versprechen, dass er nie wieder trinke, doch er tut es natürlich wieder und landet erneut hier. Ich glaube, dies ist der Kreislauf, von dem Bud sprach, den es zu durchbrechen gilt.

»Seit wann geht es hier um Heilung? Solange die Kassen klingeln, reicht das der Pharmaindustrie. Wir sind Ausgestoßene, Verlorene, Wesen, die nichts weiter beizutragen haben, außer ewig in diesen Hallen auf Heilung zu warten und die Maschinerie anzutreiben. Das ist nun mal unsere Aufgabe, nicht mehr und nicht weniger. Find dich damit ab!«, sagte er, während wir gemeinsam das Krankenhaus verließen, die Hügel hinuntergingen und die Kleinstadt vor uns liegen sahen.

»Ich will mich aber nicht damit abfinden, verdammt – und du solltest das auch nicht! Ich bin bald wieder weg hier, mir reicht es. Dann kann ich auch irgendwo vor dem Fernsehapparat sitzen und auf den Tod warten.«

»Junge, ich erklär dir mal eins! Du denkst wohl, du hast die Weisheit mit Löffeln gefressen, als hättest du von allem eine Ahnung! Du bist genauso ein Vollidiot wie dieser Bud! Du weißt gar nichts. Um hinter die Dinge schauen zu können, musst du erstmal deinen Hochmut vergessen. Vorher wird nichts aus dir! Ich habe mein Alkoholproblem und muss irgendwie schauen, wie ich damit zurechtkomme, aber ich habe diese Sucht nur, weil ich jahrelang glücklich gesoffen hab und voller Fröhlichkeit war. Ich hab die Falten im Gesicht, weil tausend Sonnen mir auf meine Haut schienen, mein Rücken schmerzt, weil ich mit Frauen auf dem Boden gelegen und sie geliebt habe. Und ich bereue nichts und ich würde alles wieder so machen. Nur du, du bist noch jung und versuchst mir einen über den Sinn des Lebens zu erzählen und wie schlecht die Gesellschaft ist. Aber weißt du was? Diese Gesellschaft hat dich aufgezogen, hat dich zu dem gemacht, was du jetzt bist und deine postpubertäre Rebellion kannst du dir sonst wohin stecken! Bleib mal auf dem Boden, von hier aus ist der Blick zu den Sternen schöner!«

Vielleicht hatte ich in diesem Moment denselben Hochmut entwickelt, wie ich ihn sonst an all den Reisenden, die wieder zurückkommen, kritisiert hatte. Ich war genauso ein junger Pseudophilosoph geworden wie alle anderen aus meiner Generation, die in Indien oder wo auch immer unterwegs waren und DEN, ja DEN und nur DEN Sinn des Lebens gefunden haben und ihre schwachsinnigen Lehren und Phrasen jetzt hinaus in die Welt droschen.

Den Rest unseres Spazierganges hielt ich den Mund und sah den Hunsrück, die Höhe, die Felder in der Ferne liegen, die Hochebenen der kultivierten Landschaft, zwischen Bauernhöfen, Windrädern, Traktoren und Schnee.

Der Arzt riet mir, meine Medikamente weiter einzunehmen und wollte mich alsdann zu einer ambulanten Behandlung überweisen. Ich lehnte beides dankend ab. Denn ich hatte schon über eine Woche meine Tabletten nicht geschluckt und hatte auch keine Stimmen mehr gehört. Die Diagnose: Eine durch Drogen induzierte Psychose – nichts womit ich nicht hätte leben können. Auf meine verdrehte Art und Weise war ich also geheilt und alles in mir rief nach Heimat, nach dem großelterlichen Haus und nach den Stimmen meiner Großeltern. Nach dem Hof, den Tannenbäumen zu beiden Seiten und nach den Rasengittersteinen, zwischen denen immer wieder kleine Sprösslinge von Unkraut und Blumen hervortraten. Ich erinnerte mich an die grotesken Masken des Fährhauses, das Giebelmännchen, das unter dem Dach Richtung Mosel lachte, die Schnitzereien der Fachwerkbauten, die seligen Inschriften über den Eingängen der alten Häuser.

»Fred in diesm huis, ders nit helt, bliv druis.«

Ich wanderte eine ganze Nacht durch den Wald hinunter vom Hunsrück zur Mosel, hörte das Getier im Unterholz rascheln, die Baumwipfel als schwarze Silhouetten unter den Sternenkreolen. Als ich vom Wald her, in dem ich vor einem Jahr gesessen, gelesen und mich vor den Pflichten eines Schülers versteckt hatte, hinaustrat, da erkannte ich mein Heimatdorf nur leicht im Flackern der Häuserlichter, die durch schneebedeckte, dichte Tannen drangen. Ich erkannte die Landschaft blind und die von Dunkelheit getrübten Umrisse des Dorfes.

Ich kam in der Nacht, ging die Straße hinunter, die ich als Kind mehrmals am Tag entlang hüpfte, und gelangte zu unserem langen Hof, den ich als Heimat und als Zuflucht vor den Schrecken der Welt empfunden hatte. Ich zögerte kaum zu klingeln, erst jetzt spürte ich, wie sehr mir meine Großeltern gefehlt hatten.

Es dauerte keine drei Minuten, da erhellte ein Licht aus dem Schlafzimmer die großmütterliche Nacht. Meine Großmutter öffnete die Tür und wir fielen uns in die Arme und weinten.

»Gott, Junge! Ich bin so froh, dass du wieder da bist, ich habe mir solche Sorgen gemacht.«

Dabei drückte mich meine Großmutter fest an sich und ich spürte Heimat und Ankommen in ihrer Umarmung.

»Leg dich erstmal hin und ruh dich aus.«

»Ja.«

…

Am Morgen erwartete mich ein reichlich gedeckter Tisch, mit frischen Eiern, und Kaffee, den ich schon von meinem Zimmer aus riechen konnte. Meine Großeltern lächelten mir entgegen. Als wir uns zu dritt tief umarmten und alle versuchten, die Tränen zurückzuhalten, bemerkte ich, wie ich ihre Augen und ihren Geruch vermisst hatte. Halb traurig, halb froh über das Wiedersehen, standen wir Arm in Arm da und sagten eine ganze Weile nichts.

Vielleicht sind wir nicht dafür gemacht zu fliehen oder vielleicht entkommen wir niemals den Umarmungen der Heimat. Jede Emotion und jeder Mensch kann zur Heimat werden, doch der Ursprung in der Heimat als Gefühl liegt in den Gesichtern und Stimmen, die uns durch die Kinderjahre führen. Sie sind Ausgangspunkt einer Offenbarung, die wir in die Welt tragen und die uns schlussendlich prägt. So oft sabotieren wir die Liebe und Beziehungen zu Anderen. Vielleicht aus Unsicherheit und aus Angst vor der vollkommenen Öffnung einem anderen Menschen gegenüber. Die Selbstzerstörung und der Hang zu ihr sind gleichzusetzen mit einer Drogensucht. Wir erschaffen uns diese Welten, geben alles für sie, fühlen uns ein einziges Mal vollkommen und glücklich und jede Flucht wird zur Zuflucht. Doch ohne bewussten Einfluss darauf zerstören wir, was uns am wichtigsten ist. Denn so viele Herzen tragen Liebe in sich, die denken, diese nicht verdient zu haben.

Alle wünschen wir uns Ankommen und Akzeptanz. Aufgrund unserer Prägungen in der Kindheit beginnen wir, ohne es zu merken, Anteile unseres Wesens erst zu verändern und später sogar zu zerstören, um neben den Menschen, die wir lieben und die sich uns anders wünschen, bestehen zu können.

Wir können flüchten und wir können den ganzen Erdball bereisen, Hunderttausende von Kilometern zurücklegen, Meere überqueren, Berge besteigen, uns in Verzicht üben, eine gewisse Reife und Weisheit erlangen, aber wir können niemals vor den Dämonen entkommen, die uns seit der Kindheit verfolgen, und schlussendlich verspielen wir mit dieser Flucht die Chance wahrhaftig zu lieben.

Nach der langen Umarmung erzählte ich ihnen von meinen Plänen, Schriftsteller zu werden, sie hielten nichts davon und glaubten nicht daran, aber das war okay, sie ließen mir viel Zeit für mich und nervten mich nicht weiter mit Berufssuchpredigten.

Ich fing wieder an beim Winzer Bosch im Weinberg zu arbeiten und am Abend saß ich dann bis in die Nacht hinein vor meinem unfertigen Manuskript – alles war gelebt und musste nun geschrieben werden.

Eines Morgens klingelte das Telefon. Ich konnte nicht hören, was die Stimme am anderen Ende der Leitung sagte, doch ich sah den Blick meiner Großmutter, einen Ausdruck, den ich zuvor noch nie gesehen hatte und der starr gegen die weiße Raufasertapete der Wand gerichtet war. Mein Vater ist seiner Krankheit erlegen. Er ist tot, gestorben, abgelebt, hingeschieden, heimgegangen, er hat das Zeitliche gesegnet, ist erloschen, in die Jagdgründe eingegangen, über die Klinge gesprungen, seine letzte Stunde hat geschlagen, von der Bühne des Lebens abgerufen, vor seinen Schöpfer getreten, den Weg allen Fleisches gegangen, ins Gras gebissen, zurückgehkehrt!

Und wir ließen ihn in Frankreich anonym beerdigen (weil er es so wünschte); an einer alten Eiche und nur ein Stein mit seinem Namen drauf erzählte von seinem Leben, und kleine idiotische Vögel sangen auf den Ästen. Jemand vom Bestattungsunternehmen versuchte mich zu trösten und mein Großvater, meine Mutter, mein Onkel, meine Großmutter und der Rest der Familie standen um diesen Stein und weinten. Für mich war es ein seltsames Gefühl, den Mann, den ich noch immer verehrte und der mir so viel Leid zugefügt hatte, unter der Erde liegen zu sehen. Niemals mehr konnten wir Frieden schließen, niemals mehr würden Worte der Versöhnung gesprochen werden, Worte der Abbitte. Diese Last war nun mein eigen, lag unausgesprochen in den Kellern meines Geistes. Ich konnte nur noch mir selbst vergeben, nur noch den Frieden mit mir selbst schließen. Für alles andere war es zu spät.

Nach der Beerdigung fuhren wir traurig und wortlos zurück nach Pünderich und ich ging mit meinem Freund Adrian, den ich nun schon einige Zeit nicht mehr gesehen hatte, durch die engen Fachwerkgassen des Dorfes und verstand nun wirklich, warum es Schweigen gibt. Danach setzte ich mich alleine ans Ufer der Mosel, weinte und durchwanderte mit meinen Augen die mir bekannte Landschaft.

Immer noch keine Überraschungen, nichts hatte sich verändert in diesem Jahr, nichts Neues unter dem Nebel im Frühjahr, nichts Neues unter der Sommersonne, unter dem Herbstlaub, nichts und gar nichts Neues lag unter dem schweigenden Winterschnee verborgen, außer Bruchstücke aus Tragik und Melancholie.

Hatte ich doch versucht etwas zu finden, das in mir lag, hatte ich doch versucht, jedem Ich in mir einen Raum zu geben, war ich nicht Wanderer, Liebender, Heimatloser, Wahnsinniger, Trauriger, Dichter, Junkie, Dieb, Heiliger, Vagabund? Hatte es denn nicht genügt?

Die Zeit und alle Sequenzen der Reise waren zu Hieroglyphen geworden. Vor meinen Augen fielen diese Erinnerungen ins Wasser.

Alles, was in diesen Fluss fällt – die Blätter, die Trauben, die Federn der Vögel – verwandelt sich in seinem Bett zu Stein.

So wie meine Erinnerung.

Die Kälte des Winters ließ mich die Tränen auf meinem Gesicht spüren, die sich mit dem an mir vorbei strömenden Wasser vermischten.

Am Ufer der Mosel habe ich auf einer Bank diese Geschichte zu Ende geschrieben.

Meine Hände waren steif vor Kälte, meine Beine vom Sitzen wie abgestorben.

Vielleicht ist jede Flucht zwecklos, vielleicht gibt es Menschen, die niemals ankommen, vielleicht ist alles, was wir tun, nur ein Versuch, doch nichts bleibt ohne Sinn. Wir tragen Stücke unseres Erlebten, der Menschen, denen wir begegnet sind, der Emotionen, die wir geteilt haben, in uns und sie werden leuchten wie Flammen im Himmel der großväterlichen Nacht.

Denn jedes Mal, wenn ich nun durch die Straßen irgendeiner Stadt gehe, fließen meine Gedanken weit hinaus, zu dem Sonnenaufgang über der Blauen Lagune Venedigs und den Gipfeln der Dolomiten, die junge Götter sind, zur in Rotwein getränkten weiten Hügellandschaft der Toskana und zu all den wundersamen Zeltnächten in Wäldern, auf Klippen und am Meer.

Und jedes Mal, wenn ich dann aus irgendeinem Club oder einer Bar Jazz höre und die Menschen träumend tanzen sehe, muss ich an Eduardo und Luca denken, die barbarischen Musiker Volterras, und jedes Mal wenn ich durch Museen spaziere und gelangweilt bin von der Ödnis und Tristesse, ja, dann denke ich an Alessio, der irgendwo da draußen, auf den Straßen, ohne Beachtung, aber heilig in seinen Marihuana- und Tetrapack-Rotwein-Visionen in der Vergänglichkeit seiner Kreide große Gemälde schafft.

Und jedes Mal, wenn ich irgendwo zwei Schwule sehe, die sich in eine Ecke verziehen, um zu fummeln und zu knutschen, ja, dann denke ich an die heilige Liebe, an Leon und Franzis, an ihre heiligen Schwänze und Arschlöcher und wie sie sich fickten unter dem fruchtbaren weiten Himmel Marseilles.

Immer wieder denke ich an Karsten, den toten Dichter aller Verse, die noch nicht geschrieben wurden und ich denke an seinen weißen Panamahut, der nun mit seinem unvollständigen Manuskript und seinen Gedichten in einem Karton in irgendeinem Keller verrottet und wie sich Staub auf dieses Leben legt, wie die Tinte verblasst und wie all seine Sätze und Verse aufsteigen, ins Nirwana der Literatur!

Und jedes Mal, wenn ich eine Frau mit wilden Haaren durch die Straßen schweben sehe, muss ich an Stina denken, an unsere ungelebte Zukunft, die wir in einen anderen Raum aus Zeit und Gefühl ziehen ließen, weil wir mutlos und frei waren – und nur ihr Geschmack und ihr Duft und ihre Brüste und ihr Flüstern bleibt konserviert in all den unerfüllten Wünschen und vielleicht lag genau darin die Schönheit!

Und jedes Mal, wenn ich Obdachlose in den Straßen sitzen sehe, besorge ich ein paar Bier, und setze mich zu ihnen und wir sprechen über Literatur und die Kälte Deutschlands und über all die blinden Menschen um uns herum, die gehetzt wie Pferde durch die kapitalistischen Straßen galoppieren, mit Scheuklappen aus Geld und Unsicherheit.

Und dann denke ich an Tommy und Klaus, die meine Brüder sind, die irgendwo herumlungern, zwischen Mülltonnen und Flüssen; und ihre Weisheit in Bier ertränken und dabei lachen, so laut lachen, dass wir sie hören können in der heimatlosen Nacht. Und jedes Mal, wenn ich junge Reisende an Bahnhöfen sitzen, liegen oder stehen sehe, die auf Züge warten, die sie weit weg bringen und die Bücher von Kerouac und Hesse in ihren Händen halten und von der prähistorischen Prärie und Rucksackrevolutionen träumen und der Magie des Unterwegsseins und die Sätze und Verse in ihre Notizhefte kritzeln, mit einem Ausdruck aus Überlegenheit und Mut in ihren jungen Gesichtern und die aus den krümeligen Resten ihres Tabaks Kippen drehen und Rucksäcke neben ihnen liegen, die ganze Leben und Welten in sich tragen, dann erkenne ich die Schönheit und Weisheit, die in jedem Aufbruch liegt. Halleluja – Wir sind noch am Leben!

ENDE

Danksagung

Ich danke allen Menschen, die ich traf, deren Geschichten mich berührten und die mich inspirierten, meine eigene zu schreiben. Mein tiefer Dank gilt ihrer Herzlichkeit und Offenheit, der Zeit und den Stunden, die wir gemeinsam geteilt haben, egal ob vor einem Kamin bei Rotwein und einem guten Gespräch oder auf den staubigen Straßen Europas. Jede Begegnung wird noch lange in meinem Inneren für Licht und Geborgenheit sorgen.

Ich danke vor allem Tommy, mit dem ich monatelang auf den Straßen Südtirols gelebt, gelacht, getrunken und geweint habe, der mich mit seiner Herzlichkeit auch jetzt noch tief berührt.

Genauso so sehr danke ich Karsten Sturm, der mir monatelang Zuflucht gewährte und in dessen Dachgeschosswohnung in Hannover das Manuskript zu diesem Roman in schlaflosen Alkoholnächten entstand.

Ich danke ihm für seine Weisheit und für alles, was er mir beigebracht hat.

Des Weiteren bleibt noch zu sagen, dass ich allen Frauen danke, die zurückstecken mussten, weil ich wie ein besessener an diesem Buch geschrieben habe. Ich entschuldige mich für die Monate, in denen ich pleite war und mir nicht mal eine Suppe leisten konnte und die mich durchfütterten wie einen räudigen Köter, der ich auch war. Danke Elisa! Danke Rebecca! Danke LEA!

Besonderer Dank geht an Jannis, der sich mit mir durch die viel zu langen Sätze dieses Manuskripts kämpfte, der mir viel beigebracht hat und erklärt hat, wie Prosa überhaupt funktioniert und der Angst hatte, unsere Freundschaft würde unter der Arbeit leiden, aber nein. Sie ist noch intensiver geworden!

Außerdem danke ich Stina, die mir immer wieder Mut gemacht hat, wenn ich meinen Selbstzweifeln erlag und dieses Manuskript am liebsten verbrannt hätte. Danke, deine Liebe gibt mir Kraft.

Ich danke meiner Großmutter, die es Gottweiß niemals leicht mit mir hatte, weil ich ein wilder Junge war und die es doch geschafft hat, mich zu einem teils anständigen Menschen zu erziehen und die mir gezeigt hat, dass eine dicke Jacke genauso gut tut wie eine Umarmung, wenn man sie denn zu verstehen weiß.

Zuletzt danke ich allen Menschen, die mich inspiriert haben, die mir Kraft und Mut gemacht haben und die mir geholfen haben, diesen Roman zu verwirklichen. Danke astikos!

Ich danke euch allen von Herzen und an alle, die ich vernachlässigt und verletzt habe: Es tut mir leid.

Halleluja wir alle sind noch am Leben!

Lasset uns trinken!

Gedicht Seite 69 »Niemals werden wir mehr …«:
»Tibetanische Rose« von Karsten Sturm

Gedicht Seite 71 »Der Schnee und sein an die Lippen gelegter Finger …«:
aus »Grabungsplan» von Tobias Roth

1 Auflage, 2018

Hauptverantwortliche: Jannis Plastargias, Nina Rubach
Lektorat: Jannis Plastargias
Korrektorat: Katharina Eichler
Herstellung: Nikk Schmitz
Covergestaltung: Nico Feiden
Vertrieb: Daniel Bräuer, Katharina Eichler
Druck und Bindung: BoD, Norderstedt

Fonts: Montserrat; Spectral

Autorenfoto: © privat
ISBN: 978-3-946196-24-2
astikos Buch-Code: L4T3R
Besucht uns im Internet:
www.astikos.de
www.facebook.com/astikosVerlag